阳光文库

铁马纪事

王西平 —— 著

黄河出版传媒集团
阳光出版社

图书在版编目（CIP）数据

铁马纪事 / 王西平著. -- 银川：阳光出版社，
2023.6
（阳光文库）
ISBN 978-7-5525-6818-9

Ⅰ. ①铁… Ⅱ. ①王… Ⅲ. ①中篇小说－小说集－中
国－当代②短篇小说－小说集－中国－当代 Ⅳ.
①I247.7

中国国家版本馆CIP数据核字(2023)第098254号

阳光文库·铁马纪事　　　　　　　　　　王西平　著

责任编辑　杨　皎　金小燕　李媛媛
封面设计　晨　皓
责任印制　岳建宁

黄河出版传媒集团
阳 光 出 版 社　出版发行

出 版 人　薛文斌
地　　址　宁夏银川市北京东路139号出版大厦（750001）
网　　址　http://www.ygchbs.com
网上书店　http://shop129132959.taobao.com
电子信箱　yangguangchubanshe@163.com
邮购电话　0951-5047283
经　　销　全国新华书店
印刷装订　三河市嵩川印刷有限公司
印刷委托书号　（宁）0026339

开　　本　710 mm×1000 mm　1/16
印　　张　15.75
字　　数　200千字
版　　次　2023年6月第1版
印　　次　2023年6月第1次印刷
书　　号　ISBN 978-7-5525-6818-9
定　　价　48.00元

目 录

雁南飞

感谢人的心灵使我们能够生存，

感谢它的温柔、喜悦和恐惧。

我看最低微的鲜花都有思想，但深藏在眼泪

达不到的地方……

——威廉·华兹华斯《永生的悟颂》

一

苏小北，女，回族，32 岁，出生在中国西部一个名叫枯水川的村子里。

枯水川，中国大地上最普通不过的一个村子，在漫长的历史长河里，就像一粒芝麻，卑微而坚韧地存在着。每一个生活在这里的人，在漫长的岁月里，像漫山遍野的芨芨草枯荣一生，谁也不懂得从哪里来，又到哪里去，谁也不知道这个让他们祖祖辈辈赖以生存的小村落，何以成为苦甲天下的枯水川。

数百年来，恪守古制的枯水川人，在日出日落，春夏秋冬的轮转中，埋头于贫瘠的黄土地。对于这样的生活，他们习惯了，麻木了，他们甚至没有一丝一毫的非分之想，他们苦中作乐，终其一生。

苏小北出生的那年，枯水川遭遇了百年不遇的大旱，河水干枯了，庄稼"烤焦"了，人们每天围坐在树荫下唉声叹气，盼望着天空中飘来一朵阴云。

苏小北生在母亲喜凤英上山赶羊的途中。

这是第几个孩子了，喜凤英不忍去想，因为前两个孩子生下来都夭折了。

那天，她顶着烈日正赶着羊往东山走，没想到肚子疼了起来，孩子要出生了。

"生就生吧。"喜凤英绝望地嘟囔了一句。

对于苏小北的降临，其实她也不抱什么奢望，天干地燥，大人连口水都喝不上，更别提娃吃奶了。

顺其自然吧。

喜凤英这么想着，便紧赶紧地往羊群里走。这些羊儿似乎都有灵性，一个个温顺地闪开，自觉地围成一圈。不一会儿，羊群里传出婴儿的啼哭，那声音一声紧似一声，划过酷热的长空。

孩子生下来了，又黑又瘦，像一只刚刚落水的小猫。喜凤英用颤巍巍的双手捧着，一想到将自己榨干也挤不出半滴奶来，她仰望苍穹，心如刀绞。

这个时候，孩子的父亲苏二虎闻讯赶来了，一看娃哭个不停，连忙放下手中的农具，牵过来一只哺乳期的母羊，将一张塑料纸垫在帽碗里，对着羊乳头挏了起来……

就这样，苏小北活了下来，并一路吃着羊奶长大。村里人说，这娃命大，以后一定有出息。

果真如此，苏小北从小聪明伶俐，讨人喜欢，从小学到初中，学习成绩一路领先。

初三毕业那年暑假，苏小北突然心血来潮，一个人跑到县城图书馆，就着干馒头啃了半个月的书。

半个月后，她从县城回到枯水川，把全村的人召集到一起，站在一个土台子上兴致勃勃地告诉大家，她找到了枯水川的历史了。

当时，村里人并不懂得什么叫历史，觉得这个娃读书读糊涂了，一些老年人摇摇头说："小北啊，咱这穷山窝里，哪有什么历史，我们这帮老头子就是历史，我们的祖上都是打狗要饭，从很远很远的地方来的。"

也有人开始起哄："小北，你说说看，什么叫枯水川的历史？"

苏小北一本正经地说："告诉大家，我翻阅了大量的文史资料，发现枯水川并非自古以来就是干枯地带，大约九百多年前，这里有一条河叫好水川，"说着，苏小北翻开了手中的一本《枯水县志》念了起来："好水川，位于枯水县东，源于枯水岭根下，川水自西而东，经喊水湾、枯水川、旱塬村，最终穿过枯水县城流入泾水河川，全长 60 余里……"

正这么讲着，村主任站出来说话了。

村主任名叫马铁柱，是枯水川最有学问的人了。

马铁柱说："小北娃娃这么一说，我突然想起很小的时候听爷爷讲过，很早以前，咱这里的确有一条叫好水川的河，后来河没了，好水川就变成了区域地名的代称，再后来，好水川变成了枯水川，专指枯水这个村子。以前听说喊水湾还有一口旺泉，老人称好水泉，泉水甘洌，经久不涸，可现在找不到了。"

"对，历史上的好水川就是现在烂泥河流经的区域，"苏小北接过马村主任的话茬继续说道："很早以前，我们这里的确水草丰茂，牛羊成群，老百姓安居乐业，然而在公元 1041 年前后，大宋和西夏军在好水川流域打了一仗，结果以宋兵大败而告终。此次战役史称好水川战役。"

"好水川这个名称多好啊，为什么现在就不用了呢？"

人群中有人喊了一句，苏小北一看，马铁柱的儿子马拴蛋骑在墙头上，露出狡黠的笑。

"我正要说这个问题呢，"苏小北说："据史书上说，两兵交恶之后，在随后的几百年里，好水川风水突变，气候越来越恶劣，不是发洪水，就是连年干旱，以致到现在，这片伤痕累累的土地还没有缓过劲来。"

这时候，人群里有人疯疯傻傻地端了一碗水上来，苏小北一看是住在村口的张大婶。

张大婶 50 岁上下，可看上去像是 60 多岁。早些年，丈夫下井挖煤，在一起事故中死了，唯一的儿子在 6 岁时得水霉病也死了。

张大婶说："孩子，你说得靠谱，我信你，这么热的天，大婶看着心疼，快喝口水吧，干净着呢，快喝吧。"

苏小北接过碗，一看这水虽说"干净"吧，但碗底却沉淀了一层厚厚的泥浆。可她还是一仰头，喝了个底儿朝天。

张大婶接过空碗，黯然地转身离去，边走嘴里边念叨着，"我儿要是喝干净的水就好了……"

在枯水川，苏姓是大户，还有部分马姓，都是回族，只有少部分王姓、李姓汉族。

在过去，谁也说不清楚苏姓的来源，连老人也说："我们祖上都是打狗要饭，从很远很远的地方来的。"

20 世纪 60 年代，村里来过一批专家，其中有几个是中亚人，这些人临走前出了一笔钱，在村口建了个清真寺。

对于这样的传奇，村民也没当回事。总之，吃饱穿暖就行，谁管那么多呢。

·

二

初中毕业以后，勤学刻苦的苏小北考上了枯水县第一中学。

三年后，又以高考文科状元的身份考上了清华大学。这可是枯水镇有史以来第一个名牌大学生。

那天苏小北正和父亲苏二虎在院场里给牲口铡草，村口清真寺里的喇叭响了，传出了马铁柱的声音，"村民们，告诉大家一个好消息，苏二虎家的闺女苏小北考上大学了。"

马铁柱停顿了一下，喘着粗气，特激动的样子，从喇叭里听，他好像端起杯子，美美地喝了一口水，然后接着又说："这可不是一般的大学，是清华大学。村民们，知道清华大学不，那可是全中国数一数二的高等学府，这么说吧，给我们国家造导弹的有好几个人，就是这个大学出来的。"

消息一公布，全村沸腾了，无论是大人，还是娃娃们，都纷纷从家里出来，或放下手中的农活，沿着烂泥河畔呼喊着，奔走着，人潮所到之处，黄土高高腾起，遮天蔽日，蔚为壮观。其实对于少不更事的孩子们来说，点燃他们的并不完全是"清华大学"这几个字眼，而是马铁柱从喇叭里扔出的"导弹"，他们追逐着，奔跑着，嘴里不停地模拟出"嘭嘭"的爆炸声。

不一会儿，喇叭又响了，马铁柱连连干咳了几声："喂喂喂，村民们，刚才镇长打来电话，说县委书记马上要来咱村了，大家赶紧回家把院子扫干净，准备迎接吧。"

苏小北听到马铁柱的通告后，停下了手中的活，却显得出奇冷静。经历了寒窗十年，苏小北的激情消退了大半。相比之下，苏二虎的内心是复杂的，是波澜壮阔的，他背着手，嘴里叼着长长的烟斗，不停地踱着步子，一会儿眉头拧成一疙瘩，一会嘴角微微上翘。

看见苏二虎纠结的样子，苏小北有点心疼，"爸，如果没钱交不起学费，咱就不上这个学了，在家种地，挖井，找水，伺候您老一辈子。"

苏二虎突然停住了步子，扭过头嗔怪道："不行，你不上怎么能对得起你死去的母亲。哪怕砸锅卖铁，我也要供你上这个大学。学费的事你不用操心，我会想办法的。"

听父亲这么一说，苏小北不由得潸然泪下。

大约过了半个小时，人们远远地听见从山那边传来锣鼓的声音，而且越来越近，越来越近，很快，一支庞大的队伍出现在枯水岭，风吹来，还能听到汽车马达的轰鸣声。一袋烟的工夫，这支队伍已经到了村口。

马铁柱在喇叭里喊："苏二虎，二虎，二虎，快把闺女带上往村口走，县委书记来了。快！"

苏二虎一听，旱烟斗往鞋底上一磕，拉起小北往村口走去。

一路上，满村子的孩子们都冲着县委书记的车队涌去，他们一路翻滚一路喊："走，看汽车走喽。"

在枯水川，轿车绝对是稀奇的，而且只要出现，所有的孩子都会围上来，这里摸摸，那里摸摸。这次一次性来了二十多辆车，其中光是红色的消防车，就有十六辆，孩子们过足了眼瘾，就连大人也跑出来了，他们边走边神气地交流着。

"喂，我说老张，这次县委书记来咱们村，真是头一遭。"老李说。

"是啊，人家这么大的官能跑到咱枯水川，真不容易。"老张说。

"没错，还不是冲着小北这娃来的，多有出息。"

"就是就是，那清华大学可不是随便什么阿猫阿狗就能上的。"

"嘿！老张，你说这书记来就来吧，为什么跟那多消防车呢，我们这又没火灾……"

"不知道。"

他们正说着，碰见了拉着小北往村口走去的苏二虎。

老李说："你个狗东西二虎，本事太大了，连书记也来看你。"

苏二虎有点不好意思地说："我斗大的字不识一个，人家书记凭啥看我，还不是冲着我家闺女来的。"

老张这时候也插话道："嘿，二虎，瞧你说的，你家闺女有出息是事实，可再有出息的娃也是你狗东西二虎生的。"说着，便哈哈笑了起来。庄农人说话虽粗，但憨实，无心眼，笑声里是满满的干净。

说话间，他们便迎上了县委书记。一行有10多人，有宣传部的、教育局的，也有水利局的、工会妇联的，包括枯水中学的校长，以及枯水镇的书记、镇长……

县委书记看上去也就50岁上下的样子，标准的国字脸，衣着朴素，干干净净，头发梳得一丝不苟，眼睛大而有神，鼻梁上架着一副黑框眼镜，文质彬彬的样子。

县委书记下了车，笑容可掬地朝人群走来。马铁柱赶紧抢先一步迎了上去，和书记热情地寒暄片刻。他是村主任，当然有这个权利和义务。

随后，马铁柱转过身挥着手喊："苏二虎在哪，快到书记这儿来。"

有人回答道："苏二虎在这儿呢。"听声音好像是马铁柱儿子马拴蛋。

一阵轻微的骚动，苏二虎父女被人群推搡了出来。

县委书记远远地伸出手，三步并作两步，主动走了过去与苏二虎握手。苏二虎有点紧张，见书记的手伸了过来，下意识地在衣襟前擦了擦……

"苏二虎同志你好，培养了这么一位出色的大学生，了不起啊，我代表县委、县政府向你表示祝贺。"说着，县委书记将站在一旁的苏小北拉到自己身边，朝群众招了招手。

"乡亲们，小北是枯水镇有史以来第一个考上名牌大学的学生，而且在如此恶劣的生存环境下，不屈不挠，完成学业，堪称学子中的楷模。乡亲们，我们枯水川历来严重缺水，生态环境恶劣，制约了经济的发展。但是乡亲们呐，大家要明白这样一个道理：只有经得起逆境考验的人，才能成为真正的强者。唉声叹气不是办法，幻想憧憬也不是办法，只有信心十足地去干，才能走出困境。

我们要正视逆境，一旦身处逆境，最重要的是要有信心，有恒心，有勇气，有毅力，有实干的精神。我们要相信，即使山穷水尽，也一定会柳暗花明！"

县委书记越讲越激动，说到最后一句时，右手臂突然往上一扬，紧接着向前跨了一大步，这两个举动几乎一气呵成，很连贯，一点看不出刻意和偶然来。

这时候，忽然听到人群里扑哧一声，有人笑出了声。

"又是这个贼鬼。"知道又是马拴蛋，马铁柱心里骂了一句，唰的一下脸也红了。他恨不得找个地缝钻进去。

他偷偷瞅了镇长一眼，镇长表情如故，又扫了一眼县委书记，书记仍旧笑容可掬，仪态大方，他这才放下心来。

"为了庆贺苏小北考上清华大学，我今天给枯水川的乡亲们带来了一份大礼，"说着，县委书记转过身，指着红色的消防车说，"这十六辆车里装满了甘甜的生活用水，酷夏之日，解决一下大家的燃眉之急，而且在没有彻底解决用水问题前，县委、县政府决定，不管山有多高，路有多远，以后绝不让一个村民没有水喝，我们一定会把水送到你们家中。"

县委书记的话音刚落，人群里爆发出雷鸣般的掌声，锣鼓的声音再次响起，"谢谢书记"的声音此起彼伏，多种声音汇聚在一起，像一股热烈的麦浪，漫过贫瘠的枯水川。

烂泥河畔，人声鼎沸，人们纷纷从家里取来锅碗瓢盆桶，轰轰烈烈地开展了一场分水活动。消防战士们或背、或挑，将水送到群众的水缸、水桶里时，送水现场一片欢腾。

那天，书记还为苏二虎送来了一个牌匾，一些矿泉水，还有两万元助学金。

县委宣传部的人偷偷告诉苏二虎，这笔款项中，有一万元是书记从个人腰包掏出来，说以后小北上学有什么困难，就找他。瞧，书记都亲自掏腰包了，其他人脸上有点挂不住了，于是你一百，我五百，他八百的，现场掀起了为苏小北捐助学费的高潮。一些村民也加入了爱心捐助的队伍。

苏二虎父女感动得一句话也说不出来。

乌鸦反哺，羔羊跪乳，苏小北暗下决心，大学毕业后，一定要为改变家乡贫穷落后的面貌而尽自己的微薄之力。

三

苏小北被清华大学水利水电工程系顺利录取。

其他的孩子都是爸爸妈妈爷爷奶奶，一大群人前簇后拥送到学校里的，而苏小北只有一个人背着个大包，坐了10多个小时的火车，一路风尘仆仆，从大西北赶到首都。

本来县上领导安排专人送她，却被她婉言谢绝了。苏小北觉得，短暂的浮华与喧闹过后，人终归要像尘埃一样落到大地上，踏踏实实走好眼前的每一步。

走出大山，来到北京，苏小北仿佛走进了另一番天地，原来外面的世界如此缤纷多彩。可是她顾不上细细品味"祖国心脏"的强大，一头扎进了繁重的学业……她告诫自己，一定要让自己强大起来，不能让枯水川的乡亲们对她失望。

大学生活平静、拥挤而忙碌。苏小北经常穿着一件洗得发白的蓝色上衣，准确地说，是一件中山服，是父亲苏二虎当年结婚时穿过的，下身是一件葡萄紫的条绒裤子，她从来不穿高跟鞋，要么是球鞋，要么是布鞋……因此，她通常成为被同宿舍女生取笑的对象。

"那个苏小北，简直就是从 20 世纪 60 年代穿越过来的。"

"喂，她还是女人吗，男人婆，一点曲线也没有。"

"这年头有人竟然还穿条绒裤子，像个卖鱼的。"

"她真应该需要一场革命同志式的爱情来洗礼，oh my God，救救她吧。"

"瞧她的脸蛋儿，那就是传说中的高原红吗，哎呀妈，亚拉索。"

…………

苏小北上铺是一个叫贾玲玲的重庆妹，长得不高，但相貌倒也标准，是个直心肠。她说："苏小北，你的牙齿那么黄，大西北的水质不好吧，据说连驴喝了都摇头。"

别人说什么苏小北都不介意，她总是面带微笑，泰然自若。但是只要有人提到她的牙齿黄，她总会走上前去与对方说上几句。

她说："喂，同学，你说得没错，可是你们知道我的牙齿为什么黄吗？"

贾玲玲一脸茫然地摇摇头，觉得眼前的苏小北好怪异，她为什么不生气？却偏偏跟她探讨牙齿的问题。

贾玲玲说："是你们那里的人不刷牙吗？"

贾玲玲说："是四环素吃多了吧！"

贾玲玲说："不，是黄土高原上的牛粪粑粑吃多了！"

哈哈哈，这个时候同宿舍的其他人都围了上来，她们骄横地大笑起来。

苏小北强压着内心的不满，"我们枯水川，也就是我出生的地方水资源非常短缺，数百年来，我们的先辈们始终将找水作为最大的人生使命，可惜至今没有找到理想的水源。我们每天只能喝又苦又咸的怪味水，这种水含氟量高，长期饮用，牙齿会变黄。像我这样的还好点，在我们枯水，得氟骨症的人不在少数。"

"哦，这么说，你们真的值得同情啊。"又是一阵大笑。

那一刻，苏小北感觉到整个空气都在抖动……

转眼两年过去了，苏小北坚守着自我的静美和富足，她整天埋头于书海，无暇顾及其他。

然而，一个男生突然出现在她的眼前，彻底扰乱了她的心绪。

这天，苏小北正在图书馆查阅资料，不知不觉中她的手触碰到了另一只手，她慌乱中赶紧缩回，抬头一看竟然是同班同学张庆良。

空气瞬间凝固。两人面面相觑，不知所措。

"原来你也在找这本书啊？"张庆良率先打破僵局，指着那本美国费特教授的名著《应用水文地质学》说。

"是啊，不过，我我……"苏小北有点紧张，胸腔里像突然塞进来了一万只疯狂的兔子。

不过，她很快调整了自己，佯装提高声音分贝，以平复她的不安。

"这样吧，张同学，你先读吧。"说着，她将《应用水文地质学》从书架上抽下来，往张庆良手中塞。

张庆良连连摆手说："不，不，还是你先读吧。我暂时用不着。"

苏小北心想，既然你如此客气，我要是再跟你推来搡去的，那多没劲。再说，我是个女生，男生让着女生也是理所当然的嘛。

"那好吧，我很快会读完的，读完了再给你。"

"好，就这么说好了。"张庆良说完，有意识地往苏小北的脸上瞅了一眼，两个人的目光瞬间焊在了一起……

从此以后，苏小北的生活里多了一个人，通过接触，她对张庆良有了进一步了解。

张庆良来自贵州西部偏远的农村，那里也是严重缺水的地区，人们生活同样艰难。

张庆良在很小的时候，母亲去世了，是父亲既当爹，又当妈，将他拉扯大。同样的生活处境和遭遇，同样是穷人家的孩子，两个来自不同高原的青年人，他们的心紧紧地拴在一起。

…………

转眼来到清华大学求学已经第三个年头了。

秋风乍起。这年北京的秋天格外澄明，空气里弥漫着一股子树叶的苦涩味道。

苏小北和张庆良在图书馆前面的草坪上漫步。他们已经是一对秘而不宣的情侣了。那些当初嘲笑苏小北的舍友们，都一改常态，投来了羡慕的眼光。

"没想到苏小北变化还是挺大的，穿着也不那么土了。"

"对，皮肤也白了，还是北京的水土养人啊。"

"可不是吗，否则张庆良怎么会看上她呢？"

"是啊，张庆良虽说长得憨实，但人好，长得也帅气。"

"他应该是我的菜，没想到被苏小北给抢先了。"

"哈哈哈……"

惠风荡繁囿，白云屯曾阿，景昃鸣禽集，水木湛清华。

转眼间，苏小北和张庆良漫步到了水木清华。张庆良望着一泓秀水，忽然转过身，说："小北，我问你个问题好吗？"

小北忽闪着一对大眼睛说："好啊，你问吧。"

张庆良说："你为什么要读费特？"

小北不假思索地说："就是为了多了解一些专业知识，为我那死去的母亲，为圆千千万万枯水人的用水梦……"

张庆良望着苏小北，欲言又止的样子，紧接着又叹了一声。这一声长叹，将苏小北的记忆拉回到多年前。她将母亲的遭遇告诉了张庆良。

1994 年那年，苏小北只有 10 岁，有一天她正在学校上课，校长急匆匆地闯进教室，说小北快回家，你母亲出事了。当时苏小北脑子轰的一声响，顿觉天昏地暗，跌跌撞撞地冲出了校门。

从苏小北读书的枯水镇中心小学到枯水川，要翻过一座山，那天她不知道是怎么一路跑回村子里的。到了村口，她见好多人围在清真寺里，见小北来了，大婶大妈们都默默地伸出手来摸摸她的头，以示安慰。阿訇第一个从人群里钻出来，满脸凝重地告诉她："孩子，你母亲无常了"，说完转身离开，为亡者开经，举行葬礼，作入土为安的准备。

这时候，人群中自动闪出一条道来，苏小北远远地看见母亲喜凤英躺在寺院墙根的阴凉下，身上已经裹上了白布。父亲苏二虎看见女儿来了，瞬间老泪纵横。父女俩紧紧抱作一团，村里的人无不动容。

那么喜凤英到底是怎么死的呢？

事情还得从头讲起。原来枯水川是出了名的缺水村，老百姓靠天吃饭，天不下雨，就得等着渴死，为了找到地下饮用水，枯水川祖祖辈辈家家户户轮流派人外出找水，可那里水源深不可测，即使找到了，挖上十天半个月，冒出一股水来，一尝，那个苦哇，连驴喝了都摇头。为此，枯水川的人吃尽了苦头，甚至付出了惨痛的代价，有不少人死在了寻水的路上。这些年来，年轻人过不了这样的苦日子，都一个个蹦跶到省城打工了，寻水的苦差事便落在了老人妇女娃娃们身上。

枯水川再不好，也要坚守祖上的根基，没水怎么办？豁出命来也要找。

那天喜凤英和几个村里的婆姨一合计，便背起干粮，顶着烈日，携带锹铲、绳索等工具，翻过一道坎又一道坎，终于在枯水岭下一个阴湿的平沟里驻足……她们在那里挖了整整四天，眼看就要出水了，突然天崩地裂，井壁塌方，喜凤英被埋在了土里，周边的群众闻讯赶了过来，可还是没有挽回她的生命……

母亲的意外之死，给了苏小北沉重一击，那时候她就发誓，一定要好好学习，考上大学。

她至今记得离开枯水川时，父亲在火车站送她的一幕。

苏二虎紧紧地拉着她的手说："孩子，一定要争气，学到知识以后，要回来帮老百姓脱贫致富，我们再也不能让那些用不上水的人像草一样一茬茬地死去啊！"

…………

四

大四下半学期，学校要求开展社会实践课，让每一位同学报选题，苏小北毫不犹豫地上报了有关枯水川水文地质考察的课题。这是一个普通得不能再普通的课题了。因为枯水川，对于伟大的北京来说，是一个既不宏大，也不具有任何战略意义的地方。

选题报上去第二天，系主任点名要见苏小北。

苏小北的心一下子提到嗓子眼儿里，是不是要挨批评了？我的选题不靠谱吗？万一不通过怎么办？苏小北忐忑不安地走进了系主任的办公室。

系主任看上去40多岁的样子，但显得比实际年龄要大。见苏小北进来，系主任从座椅上立刻站起来，他问："你就是苏小北吗？"

小北回答："是的，老师。"

"哦，请坐。"系主任为苏小北搬来一把板凳。

"小北同学，是这样，我正在看你的社会实践选题，想跟你交流一下意见。"

"好的，老师您讲。"

系主任呷了一口茶，说："你这个有关枯水川水文地质考察的课题，整体上非常好，只是在具体实施和操作上，可以再细化一些。"

"老师，这怎么讲？"

系主任说："我在网上查了查，对你们枯水那个地方作了一下了解，非常令我震惊，正如你说，缺水不仅影响到当地的经济发展，更重要的是，影响老百姓尤其是孩子们的身心健康。这是个严肃的问题。我们学校开展专业实践活动，并不是为了完成教学任务，更重要的是，要鼓励学生出成果，并将这种成果尽可能地运用到现实改造中去。"

系主任的一番话，让苏小北无比振奋。原本紧张的神经一下子松弛了下来。这时她才发现，手心里已经渗出了汗珠。

"老师您说得对，这正是我个人的实践初衷，也是支撑我完成这项课题的核心动力。"苏小北边说边激动得站了起来，"那么在具体实施上，您有什么好的建议呢？"

"我的建议是，你不要一个人作战，"系主任的目光里充满了无比的坚毅，"你要知道，要想彻底改变枯水人的命运，光凭你一个人的调研力量是远远不够的，你需要一个团队。"

"老师您的意思是……"苏小北几乎是要从板凳上蹦了起来，她觉得自己要为枯水人开启一个伟大的时代了。

"嘘！"系主任向苏小北做了一个手势，悄悄地说，"你懂的，不过待我向学校汇报后给你答复。"

苏小北连连点头。

三日后，系主任再次找到苏小北，他说："小北啊，恭喜你，你的课题校领导看了，非常满意，当即决定以枯水川为水文地质考察目标，从你们班级抽取十人组成一个精锐考察小组，你任组长，带队奔赴枯水川进行田野考察，经费学校出，我给你们一个月时间吧，够不够？"

苏小北说："谢谢主任，时间够啦够啦！"

系主任说："我知道能考上清华的学生，研究能力都不相上下，这样吧，这十人你自己挑，并一一接洽沟通，回头把名单给我报上来。"

苏小北说："没问题，明天就给您。"说完，就蹦蹦跳跳地跑出了系主任的办公室。

系主任望着苏小北远去的背影，笑了笑，然后摇了摇头，嘴里嘀咕了一句，"这孩子啊，真不错。"

从系主任那里出来，苏小北第一个念头就是去找张庆良。

张庆良正在打篮球。

苏小北说："庆良，你过来一下，我有事要找你。"

张庆良向队友摆了摆手，"哥几个玩啊，我走了。"

背后一阵嘘声。

张庆良边擦汗，边问苏小北，"小北，什么事啊，这么开心。"

苏小北说："是啊，是件好事，想跟你分享一下。"

两个人并排沿着林荫道走，穿过大礼堂前的一片草坪，又经过一片荷塘。一路走，苏小北低头不语，若有所思的样子，嘴角时不时浮起神秘的笑意。

他们最终在近春园小桥停了下来。

张庆良有点着急，"喂，小北，有什么秘而不宣的好事，快说吧，急死我了。"

没等张庆良说完，苏小北就扑上去，抱住张庆良的头，狠狠地在他的脑门上亲了一口。张庆良愣住了，半天没缓过神来。

苏小北说："庆良，今天我太激动了，好吧，我告诉你，我的实践课题通过啦。"

张庆良说："哎哟，就这事啊，我的姑奶奶，这对你来说，还不是小菜一碟么。"

苏小北说："听我说完。不仅仅是这样，校领导决定，要将枯水川水文地质考察作为这次课外重点实践项目，让我在班里组织一个十人的小团队。庆良，你愿意参加我的团队吗？"

"当然愿意啊，而且举双手赞成。"张庆良说着，趁苏小北不防备，扑过去狠狠地回击了一下。

当天晚上回到宿舍，苏小北与其他几个女生交谈，大家听了苏小北的话后，都激动万分。

"小北，你真厉害，我们应该向你学习。"

"这下可好，我们可以去枯水川体验生活啦。"

贾玲玲说："小北，对不起啊，你刚到学校时，我们还瞧不起你呢。"

苏小北说："没关系，不过我可要给你们打打预防针，枯水川可艰苦呢，洗不了澡，刷不了牙，而且搞不好三个月后你们个个像我一样，满嘴黄牙，哈哈。"

"小北，你真坏。"

"没事，我们不怕。"

"我们要向大黄牙出发喽。"贾玲玲摆出了一副红色娘子军式的姿势。

紫荆公寓 5 号楼一片沸腾。

苏小北，三个同宿舍姐妹，再加上一个张庆良，总共五个人。另外五个人张庆良告诉苏小北，全部搞定，都是班上最有才最帅气的"状元郎"。

五

2005年9月16日，对于苏小北来说，是个永远难忘的日子。因为这天清华大学枯水川水文地质考察小组正式组建。

三天后，他们一行十人，六男四女，扛着各种家当，从北京出发。其中年纪最大的是张庆良，最小的是贾玲玲。

飞机转火车，火车转大巴，到了枯水县城，又转公交。一路上大伙有说有笑，看什么都是新奇的。

可是到了枯水镇往枯水川走，不通公交车，只能步行了。

一听要步行，那几个女孩子都傻眼了。

"要走啊，我的妈呀，啥时候能到啊。"贾玲玲说。

"这个嘛，从枯水镇到枯水川，大约15里路，这期间还要翻越一座枯水岭，过一条烂泥河。什么时候能到，就看大伙脚底的麻溜程度了。"苏小北看了看天上的太阳，又说："如果这个点按一个正常人的速度前行的话，应该说日落以后就可以到达，如果腿脚不麻溜，有可能会走到后半夜。"

听苏小北这么一说，除张庆良之外，其他的人齐刷刷像皮球一样泄了气，躺在地上不走了。

"好啦，跟你们开玩笑呢，你们稍等啊"，说完，苏小北一溜烟不见了，过了一会儿，一辆三轮车突突突地朝"大部队"开来。

"同志们，上车啦。"苏小北站在车上，挥动着手臂。大伙一看，瞬间来了精气神，纷纷跳上车，高歌着一路前行。

太阳落山之前，考察组来到了枯水川。

由于之前没有给任何人打招呼，突然村里来了十来个人，而且一个比一个长得俊，村民们都觉得很新奇。

这个婶，那个叔的，都闻讯跑来问苏小北，说小北啊，你带这么多人来干什么。

小北说："我们搞课外实践，地点就选定在咱枯水川。"

"咱这穷山恶水的，有啥可实践的。"

小北说："是啊，正因为乡亲们吃不上水，所以我们专门来勘查勘查。"

一听勘查，乡亲们觉得很洋气，于是纷纷竖起了大拇指，说瞧瞧，咱们小北啊，现在学成了，有出息了，要回来给咱村办好事了。

回到家里，苏二虎正盘腿坐在炕沿上抽旱烟，见小北带着一帮朝气蓬勃的年轻人闯进院子，他赶紧将烟斗磕灭，跳下炕，迎了出去。

别以为苏二虎平日里在田地里干活时连说带唱，可是见了这些从北京来的学子们，却显得捉襟见肘，支支吾吾。

"爸，赶紧让他们进屋吧。"

苏小北这么一提醒，苏二虎才反应过来，一边将客人往上房让，一边嘴里却嘀咕着："这个死丫头，来客人也不提前说一声，这家里乱糟糟的，客人怎么落脚啊。"

一进上房，一股芭兰香混合着旱烟叶的特殊味道浓馥而延绵，贾玲玲快嘴快舌，问苏二虎："叔叔，这屋里什么味啊，有点像中药，有一种植物的清香。"

苏二虎回答："姑娘，这是一种我们回族家庭特有的香，主要用来清新空气，还可以驱蚊虫。"

回族家庭十有八九爱干净，即使是在极度缺水的枯水川，随便踏进一家人，院子都会扫得干干净净，桌子擦得一尘不染，被子叠得方方正正。

"来来来，大家先洗把脸吧，解解乏。"苏二虎说着，端来了半盆水。

贾玲玲第一个冲上去，一看水有点浑浊，有点不开心，"叔叔，这水用过吧。"

苏二虎说："孩子，这水是前几天下雨时，我从窑渠里接来的，虽说有点浊吧，但也干净。"

然而正当贾玲玲犹豫不决时，张庆良冲过去扑哧扑哧地洗了起来。

"怕啥，这水够干净了，去我们老家贵州西部山区，恐怕连这样的水也没有。"张庆良说着，瞪了贾玲玲一眼。

张庆良这么一说，姑娘们都不好意思了——洗吧，原本就不怎么干净的水，经张庆良那么一扑哧，还能洗吗？得了，干脆不洗了。

"好吧，你们不洗，这水给我留着，明儿一早我再接着用。"张庆良说着，得意洋洋地走到了院子里，只听见他对苏二虎说："叔叔，您有什么活儿尽管吩咐，我这身板好，从小务活，有使不完的劲。"

苏二虎说："孩子，你们走了这么远的路，累了，该歇息了，明儿再说。"

几个姑娘在屋里咯咯咯地笑了起来，贾玲玲撇了撇嘴说："瞧，这女婿一进门就巴结老丈人。"

正说着，苏小北抱了一床崭新的大花被子进来了。

"你们说什么呢，这么开心，脸洗了没？"

姑娘们又咯咯咯地笑了起来，异口同声地说："我们都洗啦。"

当天晚上，张庆良和几个小伙子挤在上房睡，其他几个女孩子，在苏小北的带领下，在西房睡。

苏二虎说："小北照顾好客人，我去你奶奶家。"

大山里的夜晚，异常安静，似乎打着鼾声也能听见月亮擦着天空走过的嚓嚓声。

更远处，枯水岭黑魆魆一片。猫头鹰呜呜地叫着……

六

对于这次田野考察，苏小北作了精心的准备和安排。第二天一早，他们就开始行动了。

苏小北先带着队伍走街串巷，熟悉熟悉村子。

村主任马铁柱得到这个消息后，立刻在大喇叭里喊道："乡亲们，清华大学的学子给咱找水来了，他们要逐户调查摸底，机会难得啊，请大家配合。"

先是到村民张二喜老人家。一进门，苏小北就扯着嗓子喊："二喜爷，我来看您来了。"

其他几个人也跟着叫了起来。

"二爷好。"

"喜爷好。"

"张二爷好"

…………

大家七上八下地叫，好在张二喜耳朵背，听不太清。

张二喜揭开门帘，探出头来："哎哟，是小北姑娘啊，去了北京，都这么洋气了。"

一班人马被张二喜让进屋里，通过询问，得知张二喜十多年来为了找水打井，带着 4 个儿子，挖过 20 个水窖、8 眼土井，却始终没打出一眼有甜水的井。

"唉——"张二喜叹了口气，"村里许多人只能靠买水维持生活，为了活下来，什么法子都想了。手头有点钱的，就去邻村买水。可是买水的路程一年比一年长，买水的价钱一年比一年贵。好在自打小北考上大学以后，政府每年六七月份会派消防武警战士送来一些饮用水。可是救急不救穷啊。没水的日子，何时是个头啊。"

张二喜说着，老泪纵横。贾玲玲眼疾手快，赶紧掏出纸巾递了过去。

张二喜犹豫了一下，说："孩子，你这纸这么白，我能用吗？"

"大爷，能用，能用！"贾玲玲凑近张二喜，大声地说。张二喜连连点头。

老人的一句话，把大伙逗乐了，气氛一下子活泛了起来。

一高兴，张二喜说："孩子们，枯水川是我的根，是我的命，我打小在这里刨土长大，对这里的一草一木非常熟悉，你们就让我给你们做向导吧。"

说着，老人便迈开步子，一瘸一拐地朝屋外走去。

"啊，大爷是个瘸……"没等贾玲玲说完，张庆良伸出手堵住了她的嘴。

"说来真是奇怪了，在我的记忆中，枯水川的人就从来没有放弃找水，可是打的井取出来的水都有问题。"张二喜边走边说。

大门外拴着一只黄狗，见生人汪汪地叫了起来。

张二喜骂了一句："叫什么叫，真是狗眼不识泰山，连苏状元都不认识"，骂完，狗就悄声地缩进了窝。

老人继续讲："三年困难时期，公社集体出资打了一口5米深的水井，当时由于井的底层遇到石头，大伙都说我张二喜当过炮兵，上过前线，就让我背着炸药炸石头。结果石头炸开了，水井打好了，出来的水太咸太苦不能喝，当即报废。可是我付出了惨痛的代价。"老人说着，停了下来，拍拍左腿，"孩子们，瞧见了没，我这条腿就是被飞起来的碎石击伤了。当时我就晕过去了，昏迷了两天两夜，家里人以为我要死了，公社会计已经给我写好了追悼词。可是，我这老命不死，又活了过来。醒过来的第一个举动是摸下腿还在不在，结果一摸，嘿，还在，我就在病床上乐了。医生说，更危险的是，还有一块小石子穿过我的左胸，就差那么几毫米，就挨到心脏上了。我说老子死不了，上过前线，脑袋都被敌人打过，还不照样活过来了么。"张二喜说着，哈哈笑了起来。

张庆良问："二喜爷，那么后来呢。"

张二喜说："后来啊，我还是说这找水的事吧。大约是1970年，再后来还有1996年，枯水川、喊水湾和旱塬村，3个村的人坐在一起就商量着，在离三村都不远的地方分别打了两口井。水倒是有，可不到半年就不能饮用了，原因还是井水变咸了，驴都不喝，何况人。埋掉吧可惜，毕竟费工了，乡亲们只能用来洗衣服和冲凉。这些年来，我们各家都陆续在自家庄院前后打过水井，但井水还是越来越咸，最后就发苦，不能饮用。前年我们又动员各家各户，按人头出资，花了3万多元，在村口清真寺旁边打了一个200米深的水井。原以为井打得深，取的水会好一些。然而该井出来的水照旧是咸的。唉。没办法啊。"

说着说着，不知不觉，就走到了村主任马铁柱家。

马铁柱刚回来，正在吃午饭。一看一大拨人上门来了，有点不知所措。马铁柱媳妇忙不迭地跑到厨房盛饭。

苏小北说："婶儿不忙，我们坐一会儿就走。"

马铁柱说："昨天就听说小北带来了几个青年才俊，今天一看，果然个个长得精神。快到屋里坐。"

刚落座，马铁柱媳妇就将米饭端了上来。一看，白白的大米饭变得黄黄的。

贾玲玲问："大婶，这米饭还能吃吗？就像生了一层锈一样。"

马铁柱媳妇说："我们也不知道能不能吃，反正不能吃也在吃。"

马铁柱接过话茬："这是用靠村西边的井水煮的米饭，都吃了好多年了。"

夫妻俩还讲了好多关于用水的问题，考察组的人员都认真地听，认真地记……

一连七日，苏小北带着考察团在村子里转，吃百家饭，体验别样的农家风情。

可大伙心里明白，这苦水煮出来的饭可不好下咽啊，一定要带着使命感，一定要发挥专业专长，一定要出成果，一定要拿出个大数据来说明枯水川有甜水存在的可能性。

白天家访，夜间他们挑灯夜战，开会，分析，总结，写日志，制订第二天的计划。

苏小北告诉大家："我们不能忽略每一个细节，哪怕村民一个下意识的表情，一声无意识的叹息，都有可能隐藏着某种与水有关的信息。"

其实对于男生来说，什么苦都可以吃，唯独对于女生，三天不洗澡，那简直是要人命。一周过去了，从北京到枯水川，一身的臭汗还背在身上呢，怎么办？

贾玲玲第一个跳出来，埋怨道："小北，你说，你们枯水人难道不洗澡吗？"

其他几个姑娘也站出来询问同样的问题。

平日在工作上大家都坚决一致维护苏小北的至高权力，可是一提到洗澡这个问题，可怜的苏小北转眼变成了众矢之的。

苏小北说："也洗啊，只是不像城里人，洗得那么勤快。"

"那多长时间洗一次？"

"是啊，怎么洗啊，枯水川没有集体澡堂，村民家里也没有浴室。"

"再这样下去，我们会发酸发臭的。"

…………

"实话告诉姐妹们，枯水川人真不怎么洗澡，主要原因是，大家觉得洗澡很浪费水。如果实在想洗，就隔上几个月，女人家晚上把屋子遮得严严实实的，烧盆水自己悄悄地擦，男人嘛好办，到烂泥河里洗，或跑到井边洗，反正我们祖祖辈辈就这么过来的。"说完这句话，苏小北自觉一点底气也没有。

见姑娘们在洗澡这个问题上情绪很大，张庆良赶紧为苏小北解围："嘿，我说几位姐姐，大家别着急，办法总比困难多吧。"

贾玲玲说："你说吧，有什么办法？"

张庆良说："哥几个给你们站岗放哨，咱去河边洗。"

"这行吗？"

"被人看见了怎么办？"

"那河水多脏啊，我不去！"

"这里的水那么咸，含盐分大，洗完了我估计身上会起一层白碱。"

"我有办法了。"苏小北沉默了片刻，突然说，"我们组团去县城洗，顺便到图书馆或博物馆查查关于枯水川的资料。一周去一次，怎么样？"

好啊，好啊……大家拍手叫好。

七

勘查第十日。

按照计划，真正的野外勘查才刚刚开始。既然是野外活动，就得做好安全防范，苏小北邀请张二喜给团队做做"野外生存"的功课。大伙都觉得可笑，说一个老头子，可靠吗？

对此，苏小北有自己的考虑：一方面，张二喜毕竟当过兵，年轻的时候，在中国云南密林深处有过野外实战经历，另一方面，作为老枯水人，对枯水一带的地形地貌了如指掌，哪怕是哪里有个坑，哪里有道坎，张二喜闭上眼睛都能给你说上来。

"孩子们，不能打无准备的仗，虽然你们是课外实践勘查，是为了完成老师布置给你们的学业，可是一旦出了村子，踏进荒地，或进了山，就由不得你们了，所以还是要做一些准备工作的。"张二喜说着，捡起地上一张皱巴巴的牛皮纸，放在桌子上捋了捋，拿起铅笔，噌噌噌几下，画出了一张地图。

然后他指着地图说："孩子们，我建议你们别走太远，因为太远即使找到水，也是远水解不了近渴。根据我的经验，你们沿着烂泥河朝上游走，到喊水湾看看，我从小就听说那里很早以前有一眼神奇的泉水，叫好水泉，后来就找不到了。然后再朝西走，翻过高堡子山，就是枯水岭，那边有个峡谷，峡谷深处有个枯水潭，也进去看看，神着呢，反正至今没几个人进去过。"

张二喜又强调："烂泥河一带村落较为密集，渴了饿了敲门随时进，老百姓不会怠慢你们。只是快到枯水岭时，有一片废井区比较荒，人烟少，地形也复杂，要格外注意。还要防止狼出没，晚上一定要出山，否则就算是没有狼，蚊子也会吃了你们。"老人看了看张庆良等几个小伙子又说，"保护女孩子的事，就交给你们几个了。"说完，哈哈笑了起来。

"妈呀，这哪里是勘查啊，简直就是探险。"

"我倒是对那个峡谷感兴趣。"

"还有狼啊……"

其实苏小北心里很明白，事实上没有张二喜讲得那样玄乎。

不过，她倒是对张二喜设计的考察线路很感兴趣，这与她的设想不谋而合。这一路也正好是好水川战役的主战场，对于这段历史，苏小北已经烂熟于心。

大家思想高度统一后，背上勘查的设备，以及户外活动的一切装备，出发了。

九月份的烂泥河仍处于汛期，即使是汛期，这条河仍然濒临干枯的危险，水流断断续续，有些地方还能看到光秃秃的河床，大大小小的石头裸露在外，有些地段甚至已经变成了荒滩。

一路走，勘察队伍对烂泥河一带的土质进行取样，记录，分析，整体认为，这里并不是什么富水区，深度200米以内，几乎打不出什么好水来。

不过令苏小北兴奋的是，在勘查的过程中，拨开浮土，竟然发现了一些锈迹斑斑的兵器，还有一些瓷器，只是残缺不全。

大伙的心劲一下子提了起来。

贾玲玲说："小北，这是怎么回事，快讲讲吧，好水川这个地方好神奇啊。"

苏小北说："著名的好水之战，就发生在这里。我这么说，你们就知道为什么这里能发现文物了。"

转眼到了喊水湾。苏小北就想找找那口传说中的好水泉。在村子里打听了几个人，都摇摇头，没听说过。

张庆良说："找个年纪大点的人问问吧，兴许能问出点名堂来。"

这么一说，村民们都一致推荐找摆儿罕老人。

"有这样的姓？好奇怪的名字。"贾玲玲突然停住脚步，扭过头问苏小北。

苏小北说："有啊，这个姓氏主要分布在大西北一带。"

村民将苏小北一行人带到村南第一户人家，说摆儿罕老人就住在这里，你们进去吧。

张庆良走上前去敲了敲门，无人应，倒是突然窜出一条大黄狗来，吓得几个女孩子魂销魄散，一个个往男生的怀里钻。其实这种放开养的狗你不要去故意招惹它，还是友好的。张庆良从包里掏出一个煮洋芋，掰了半块扔了出去，狗直接冲着食物去了。

不一会儿，门吱呀一声开了，出来一个戴眼镜的人，看上去30岁上下，笑意盈盈的样子。

站在一旁的村民告诉勘查小组的人，出来的是摆老师，摆儿罕的小儿子，在喊水湾小学当老师。

苏小北主动走上前去与小摆老师交流意图。当得知眼前的这个女孩就是苏小北后，小摆老师突然兴奋起来，"哎呀，你就是枯水川的苏小北啊，谁不知道你啊，当年考上清华大学多轰动。"

说着，他示意大伙轻声进院子："老父亲正在做礼拜呢！"

进了院子，在等老人间隙，大家与小摆老师闲聊了起来。

"摆老师，学校孩子多不？"

"唉，以前多啊，现在越来越少了，有条件的都去城里上了，没条件的，既有辍学的，也有随外出打工的父母搬迁走的。"

"为什么要迁走呢？"

"这个地方十年九旱，而且又严重缺水，待下去也没什么前景。"

"你们学校有几个老师？"

"总共只有两个，就我，还有一个洪老师。他是校长。"

"你们忙得过来吗？"

"能吧……还行。我和校长，从一年级到六年级，从音体美到语数外，再到社会与品德，我们都带。"

正说着，摆儿罕老人从房里出来了。

突然家里来了这么多人，老人也没觉得奇怪，只是简单交流了一下，就坐在炕头上自顾自地翻书去了。

小摆老师解释说，老爷子，年龄大了，不想多说话了。

然而当提及好水泉时，老人的眼睛突然一亮，话匣子打开了。

据老人讲，自己小时候听父辈们讲过好水泉的故事，而且版本很多，听起来很久远，好像完全发生在故事里，现实中从来没有存在过。包括泉的方位，也众说纷纭，有人说在南山垴，有人说在老虎湾，也有人说在殿坑里，不管怎么说，村里至今没有一口像样的井，更别提什么泉了。总之，到底有没有好水泉，大家把它当故事听就行了。

讲到这里，小摆老师突然说："我倒是想起来了，学校后面有个斜坡，我们称好水坡，坡根下长年湿润，不过倒是没见着有什么泉水出来。"

他这么一说，大伙兴奋起来。

苏小北说："摆老师，带我们去看看吧。"

就这样，一行人朝喊水湾小学走去。

到了现场一看，果然如小摆老师所描述的那样，这里的土质很松软，也很湿润，有足球场那么一大片杂草长得很茂盛。

张庆良用铁锹挖了挖，取了样土，小组其他人又在周围做了一些必要的考察，并作了详细记录。

"这里很有可能是蓄水构造及富水地带，"苏小北说，"不过到底可不可以打井，水质如何，还要作进一步的调研。"

"我判断在这里打出好水，至少在地层 300 米以下，人工挖掘是不可能的，需要专业的大型设备。"张庆良给出了自己的说法。

其他勘查小组成员也基本认同苏小北和张庆良的观点。

苏小北转身又对小摆老师说："如果好水坡地下水开发成功，至少应该能保证全村人的饮用水供应。我们调研结束后，会形成一个完整可行的报告。"

"那太好了，谢谢小北，谢谢大家！如果这里真能打出甜水，那学校里的孩子就不会流失得那么快了。"小摆老师说完，悄悄背过身，抹了抹眼泪。

苏小北望了望好水坡下简陋的校舍，眼眶也湿润了，她暗下决心，不管怎么说，毕业后首先来喊水湾支教，帮帮这里的老师，帮帮这里的孩子们。

八

第十五日。项目组向枯水岭出发。

一路上，能看到许多废弃的井，碱滩上，土坡上，草丛里，田间地头，荒芜的村落，一口口井用砖头和水泥箍起来，有的上面还安有井盖，一把把象征意义上的铁锁，已经锈迹斑斑。

看到眼前的情景，苏小北突然跪下了，目光凝视着前方。这一举动把其他人吓蒙了。

张庆良立刻意识到这片废井区对于苏小北来说，一定有着非同寻常的意义。

其他人顿时不知所云地围了上来。

很长时间，苏小北才缓缓地开口说话："10 年前，就是这里，夺走了我母亲的生命……"

张庆良这才想起苏小北曾给他讲过喜凤英在挖井过程中水井坍塌不幸遇难的事。

所有的人此刻都静默了。

直到有人突然在身后喊："太壮观了，这里简直就是一个井的世界。"原来掉了队的贾玲玲赶了上来。

苏小北赶紧调整了一下自己的情绪，站了起来，接过贾玲玲的话茬说："没错，这些井年代久的，有上百年了，最年轻的井也有十来年吧。枯水人一代接一代地挖井，寻水，可是挖了这么多，却没有一口井是能用的。近些年，乡亲们越挖越绝望，干脆就不挖了。许多人家干脆连根拔起，从这里迁移他乡。”

越往山里行，人烟越稀少，气候也变得越来越复杂。真是一日有四季，十里不同天。

早上出发时，还是晴空万里，这会突然刮起了一股狂风。风卷着沙尘，沙尘裹挟着枯枝烂叶在空中飞旋，一会遮天蔽日，什么也看不见了。

张庆良拉着苏小北的手，走在最前面，他们转过身，大声喊道："男生每人照顾一个女生，大家往一起赶，不要走散了啊。"

"好啊，放心吧。"后面有人回答。

黄风肆虐，整个世界瞬间崩塌，凌乱。

苏小北说："庆良，我们找个地方躲一躲吧。"随后又提高了声音分贝，冲其他人的方向大声吼道："其他人也听我说，赶紧找个地方躲躲。等风头过去了我们再走。"

有人呼应着，但声音非常微弱，似乎置身于迷障的世界。

苏小北和张庆良走着走着，隐隐约约发现前面不远处有一个废弃的院落，他们抱作一团，迎着风的撕掠，向前艰难地走着。

不一会儿，突然听见有人在喊："小北，庆良，你们在哪，贾玲玲找不见了。"

苏小北脑袋轰的一声，第一个念头就是赶紧转身朝后跑。

张庆良一把拉住了她："你疯啦，风这么大，什么也看不见，怎么找啊，先躲起来吧，等沙尘停了再找。放心吧，不会有事的。"

沙尘暴持续了十来分钟，慢慢地减退了，眼前的世界复又澄明。

"大风过后，一切都是新的"，有人突然吟出了这么一句话，苏小北和张庆良定睛一看，原来是团队中的"眼镜男"正漫步于荒草丛中。

再转身朝四下里看，发现大家竟然都躲在一个院落里。可是一清点人数，就是不见了贾玲玲。

"玲玲，玲玲……"大家慌忙地喊起来，没有人回应。

大家立刻意识到事态的严重性。气氛突然变得紧张起来。

"不会是被妖怪抓走了吧。"有人开玩笑地说。

"不会的，贾玲玲那么厉害，妖怪也害怕。""眼镜男"说。

"都什么时候了，还说这种话。"张庆良说，"以这个废弃的院落为中心，大家分成四组，四下散开分头找。"

苏小北和张庆良一组，朝南的方向走，所有的人边走边喊着贾玲玲的名字。

天空蓝得像水洗过一样，看上去有一种不真实感。

更远处，枯水岭黑魆魆的轮廓清晰可辨。目所能及之处，既没有密林，也没有高坡，更没有高大的建筑物，这里几乎就是一片一览无余的碱滩，可就是看不到贾玲玲的身影，那么一个大活人，就算风再大，也不至于将整个人卷到枯水岭上去。

张庆良说："小北，别走那么急，小心脚下的井。"

苏小北正这么思忖着，张庆良的一句话一下子提醒了她。

"对，玲玲一定是掉进井里了，"她立刻亮高嗓门，对其他人喊道："大家多留意脚下的井！"

说完，苏小北心里开始七上八下地打起了鼓：这要真是掉进井里，凶多吉少啊，这些废弃多年的井，井下情况很复杂，谁也不知道。

正这么想着，张庆良一把拉住了苏小北。

"小北，你听，是不是贾玲玲的声音。"

苏小北屏住呼吸，果然听见前面不远处传来微弱的求救声。

"大家快过来，玲玲在这儿。"二人边喊边往声音发出的地方狂奔而去。时间就是生命。

贾玲玲果然掉进了一口井里。

"玲玲，别慌啊，我们来了。"

"玲玲，别怕，我们会想办法把你救出来的。"

"玲玲，玲玲……你要挺住啊。"

喊着喊着，几个女孩子哭了起来。

"好啦，你们哭什么，我又没死。"贾玲玲突然从井下传上来这么一句话，大家一听，这精气神还挺足的，看来井下情况应该比较乐观。

这时候，张庆良说，大家要稳住情绪，千万别乱了方寸。然后伏下身子，问贾玲玲。

"玲玲，你能描述一下你目前的处境吗？"

贾玲玲说："我被一块树根挡在井的半腰了，井很深，看不到底。"

"井下有没有水？"

"鬼才知道有没有水呢。就算没有水，掉下去也会摔死，摔不死，也会被稀奇古怪的生物吃掉。"

事不宜迟。

可是怎么救。贾玲玲的具体位置谁也不知道。而且井口很小，即使下去一个身材娇小的人，往上走时，再拖上一个贾玲玲，恐怕连屁股都转不开。

唯一的办法是，用绳子。

好在绳子备了。沿着井沿小心翼翼地往下滑，眼看绳子快要被井口完全吞没了，贾玲玲还没有够着。

贾玲玲在井下说："能看到绳子了。"

大家顿觉无比欣慰。可是还差半截呢，怎么办？正在犹豫之际，有人提议男生每人奉献一条腰带，接到一起。说到做到，眨眼的工夫，绳子又接了几米。

贾玲玲终于抓住了绳子。

"一二三，大家齐心协力一起拉。"

不一会儿，贾玲玲就被拉了上来。一上来，就抱住苏小北狂哭起来。

"妈呀，我差点见不到你们了，见不到爸爸妈妈了。我还没有结婚呢，我要是死了，多可惜啊……"

大家乐了。贾玲玲就是贾玲玲啊，要是换作其他人，早就死了好几遍了。

苏小北安慰她："别哭了，现在不是哭的时候，来，我们看看你有没有受伤？"

大家仔细察看，发现除了腿，胳膊上有轻微擦伤外，其他并无大碍。

"快喝口水，压压惊。"张庆良从自己的包里拿出一瓶水来。

等贾玲玲缓过神来，大家问她，是怎么掉到井里的。

原来沙尘来袭，与大部队走散后，贾玲玲只好一个人跌跌撞撞地摸索着前行，不料风力太大，她整个人几乎是被一只无形的大手推着前行，走着走着，突然脚底踏空，眼前一黑，掉进了井里。

那一刻，贾玲玲觉得自己突然变轻了，像一根羽毛，飞向了一个异质的空间，直到被井中的树根托住。她清醒了，回到了现实，感觉到了疼痛的存在。井外黄风肆虐，井中呼天喊地，贾玲玲这才意识到自己已经身处于一个遗忘的空间，想象着终有一日，她会愈加绝望，死去，肉体慢慢腐烂，并化为尘埃，永远消失……

九

即使前面的路充满未知，可大家的决心不灭。

走过一段凶险的碱滩地，再往西走，就是张二喜所说的高堡子山，所谓山，其实是一片半阳坡地，坡上长满了低矮的毛条。这种开黄花的植物，是黄土丘陵上的悍将，根系非常发达，主根入土极深。

苏小北边走边给大家讲解："毛条是典型的旱生灌丛，它的主根之所以入土深，就是为了汲取地下水源，枝、叶、花、果、种子均富有营养物质，都是良好的饲草饲料，是枯水人的救命草。而且枯水人常常把毛条上的刺捋掉，编织农用筐等。"

听苏小北讲完，其他人在坡下散开，摊开仪器，对阳坡地形地貌和植物植被作了详细勘查，记录。

张庆良摇摇头，说："这里根本不是富水区。"

"那为什么叫高堡子山呢？"有人还是对人文历史感兴趣。

苏小北指了指不远处的一座土堡说："看见了吗，因为堡子建在坡顶上，所以叫高堡子山。"

"为什么要建在山顶上？"

"据老人讲，堡子是用来防土匪用的，这种土建筑，是西北特有的，完整的土堡子四个角上应该有楼阁，主要用来瞭望，一旦有土匪来犯，就可以立刻通风报信，并将堡子门用碾子压住，然后用石块、滚木攻打土匪。像这样的堡子在好水川一带很多，几乎每一个坡头都有，估计与那场大宋与西夏国的战役有关。不过目前保存完好的却越来越少……"

穿越毛条丛，爬上半阳坡，坡顶上又开始刮风打雷了。大伙沿着坡脊行走，每走一步心都提到嗓子眼儿里，一不小心腿脚会被刺扎，而且还有一些未知的蚊虫叮咬。

走着走着，"眼镜男"突然诗兴大发，站在坡顶朗诵起了诗：

啊，枯水，

你就是高原上的一滴泪，

你就是一首高亮的信天游，

你让我孤寂，

你让我苍凉，

……

"咦，酸死啦！"

"不好啦，我牙齿倒啦！"

"小北，给咱唱首花儿吧。"有人突然提议。

"是啊，是啊，用枯水乡音唱一首吧。"有人附和道。

苏小北犹豫了一下，瞅了瞅张庆良，说："好吧，我就唱首《园子里长的是绿韭菜》。"

贾玲玲快嘴快舌地说："我知道，我知道，这可是一首情歌哦。"说着，朝张庆良瞥了瞥。

张庆良唰的一下脸红了，瞪了贾玲玲一眼，说："你个死丫头，活过来啦，你就应该继续待在井里！"

苏小北也不好意思起来，她说："走路不唱歌，唱歌不走路，大家就地休息休息，我唱吧。"

院子里长的是绿韭菜

不要割

你叫它绿绿地长着

不要割

你叫它绿绿地长着

我的阿哥呀

我的尕妹呀

哥呀

妹呀

你不要割呀

你叫它绿绿地长着

有人开始怂恿张庆良：

"良哥呀，你的尕妹在呼唤你。"

"是啊，这歌本来就是一首情歌。"

"可是我不会唱啊。"张庆良随着歌声，身体开始扭捏起来，

"好吧，我就伴舞。"

哥是阳沟者妹是水

不要断

你叫它慢慢地淌着

不要断

你叫它慢慢地淌着

我的阿哥呀

　　我的尕妹呀

　　……

　　歌声高亢嘹亮，像回旋在山涧里的清泉叮咚，又像飘逸在天边的百灵唧唧。不知不觉，一声惊雷过后，天空噼里啪啦地下起了碎雨。

　　一时间，谁也顾不得"园子里的韭菜到底要不要割了"，一看不远处有一片小树林，一声呼喊，大伙齐刷刷朝坡下跑去。

　　在林间逗留了一会儿。好在是雷阵雨，雨很快停了。

　　贾玲玲突然喊道："快看，彩虹！"

　　大家顺着贾玲玲指的方向望去，枯水岭上空果然出现了一道美丽的彩虹。

　　"不过山顶上看上去雾雨蒙蒙的样子，那边好像还在下雨。"

　　"那一定是为你的重生喝彩喽。""眼镜男"站在一旁又开始抒情了。

　　"嘿，玲玲，千万不要用手指指彩虹，小心指头烂掉。"张庆良冲着贾玲玲喊。

　　"为什么啊？"贾玲玲吓了一跳，伸出去的手赶紧缩了回来。

　　"没事，开玩笑呢！"张庆良说，"不过我们那边民间还真有这种说法，不能用手指彩虹，否则手指会烂掉。"

　　"好啦，别吓唬她啦，我们继续出发。"苏小北说，"枯水岭是我们最后一站，咱们的目标是去那个神奇的峡谷看看。"

一听"神奇"，大伙都兴奋起来。

贾玲玲却嘟着嘴巴说："我可对神奇没一点好感啊。"

"为什么神奇？"有人问。

苏小北说："说它神奇，是因为关于这段峡谷，枯水人永远有讲不完的故事，而且它还有最神奇的功能，那就是能'预测'天气。但是谁也解释不清这到底是为什么，只是听专家说这个峡谷至少有 200 万年的历史了。"

"哇！200 万年啊，我终于可以见识一下什么叫地老天荒了。""眼镜男"又跳起来。

很快，考察团到了枯水岭下，山风沿着峡谷吹来，所有的人都打了个哆嗦。

苏小北提醒大家添衣服。准备进入峡谷工作。

很显然，这里刚刚也下过雨，峡谷两侧道路泥泞难行，走着走着，便听见哗哗的水流声，整个峡谷瞬间变得幽深起来，不一会儿，一条溪流欢快地奔涌而出。目测峡谷深度，从水面到峡谷顶部约 20 米。

经现场勘测发现，峡谷两侧为岩石结构，而构成峡谷两侧崖壁的岩石则是粗砂岩，这种粗砂岩形成的时间更早。

苏小北说："这种粗砂岩形成于距今一亿三千七百万年前的白垩纪早期。"

张庆良对苏小北的观点认同，他说："我刚才仔细观察了岩石结构，再根据这里的气候、水文特点初步推断，枯水岭含水层大约处于白垩纪罗汉洞组细砂岩及奥陶系灰岩，不过这个层面比较深，在这里打一口井在 300 米以上。"

有人问："那水质如何呢？这可是关键。"

贾玲玲快步走到溪水边，蹲下掬了满满一捧水，咕噜咕噜喝了下去。然后回过头，朝其他人做了个鬼脸，"真甜！"

"眼镜男"也禁不住诱惑，跑过去也掬了一捧喝了起来，"啊，农夫山泉，有点甜。"

张庆良说："大家看见了没，很显然，水是没问题的。不过这水是不是从 300 米深的白垩纪涌出来的，我们再往前走走看。"

由于峡谷较长，大伙越走越乏味。

苏小北说："我给你们讲讲关于峡谷的故事吧。小时候听村里老人讲，相传光绪年间，好水川下大暴雨，枯水岭上发大水，但峡谷内有块巨石将水挡住了，导致水流无法前行，眼看水要涨起来，威胁到枯水人的生命安全，后来枯水人宰了一头牛，将血滴入峡谷，这块石头才缓缓沉底，上游河水顺利通过。还有一个传说，峡谷底有一只金马驹，每当夜深人静，村民们都能听到峡谷里传来马儿的嘶鸣声。村里人请来一位喇嘛，用千年蒲草引诱金马驹出来，希望能捉到这个神物，不过金马驹始终没有露面。"

"眼镜男"问："峡谷能预测天气，这怎么说？"

"据说每年盛夏时节，每天零时左右，如果待在峡谷旁边，就能听到峡谷里发出声音，如果声音比较尖锐，类似马鸣声，第二天一定是好天气，如果听到沉闷的轰隆隆声，第二天不是雷雨天，就是大风天。"苏小北说。

不知不觉，考察组已经步入了峡谷腹地。

这里地势更加开阔，有森林，有草坪，有许多不知名的野花，各种鸟儿欢叫着在峡谷里飞来飞去，一切保持着原始的状态，完全一派世外桃源的景象。

"看，那边石崖下还有一个水潭。"

所有人都兴奋得欢呼起来……

"这应该就是枯水潭吧。"张庆良连忙跑过去，围着潭水转了一圈，观察了一会儿，然后说："这个是地下水涌出来形成的潭子。这么好的一个地方，为什么却鲜为人知呢？"

"主要原因还是关于峡谷的谣传太多，没人敢到峡谷深处走，据说有为数不多的人走进去了，可至今没有走出来……"苏小北说。

一句话，让峡谷陡然变得肃穆起来。

张庆良叹了口气，摇了摇头……

十

枯水川水文地质考察报告为苏小北的正式毕业完美收官。学校非常重视这个来之不易的报告，并将其转给了枯水县政府。

有一天，县委书记打来电话，苏小北正在办理离校手续。

书记说："小北啊，你带队做的这个关于枯水水源的勘查报告很棒，特别是提到对喊水湾好水坡富水区，以及枯水岭峡谷白垩纪地下水源的开发建议，我看后非常激动，同时，你对好水战役文化遗址、废井文化遗址、土堡文化遗址的抢救保护以及对枯水岭峡谷的旅游开发，提出了非常有建设性的意见，我也相当认同，为你有一颗心系枯水的赤子之心而感动。目前，你的报告内容我已经向省上有关部门领导反映了，若能顺利落地实施，你就是造福于枯水人民的大功臣啊。"

苏小北说："书记您太客气了，作为一个土生土长，且从小饱受缺水之苦的枯水人来说，能为家乡人做点事，那也是应该的……"

正说着，县委书记那边电话响了，书记说："我以个人的名义诚邀小北同学毕业后到家乡来工作，给你争取最好的待遇……好啦，我接个电话，小北再见。"

挂完电话，县委书记的一句"诚邀"的话，让苏小北陷入了沉思。

从枯水川回到北京后，苏小北和张庆良一直闹情绪。主要原因是，两个人毕业后的志向有分歧。

张庆良虽说也是从贫困地区来的，可他的理想就是要做一个真正的北京人。

"好不容易考上大学，我再也不想回到过去，再也不像自己的父辈那样，被人瞧不起。"

苏小北却恰恰相反，从哪来到哪去，要为家乡人做事，她深知枯水人的苦楚和痼疾，尤其在枯水考察期间，亲眼看到那些孩子们可怜的景象，更加坚定了她要回去的决心。

"我一定要回到枯水川，回到喊水湾，去帮助那些没有水用的乡亲，帮助那些渴求知识的孩子！"

当苏小北这么解释的时候，张庆良气愤地说："你这人不可理喻，帮助枯水川，难道一定要亲身到枯水川吗？要我说，留在大城市发展，成功了也同样可以为家乡人做事。"

"那好吧，张庆良，你就留在北京做你的成功人士吧。我胸无大志，我回枯水川，做我的枯水佬。"说完，苏小北气愤地甩开张庆良，大步流星地走开了。

那一夜，见证了二人初恋的"水木清华"又一次见证了二人的分崩离析。

回到宿舍，苏小北趴在被窝里痛哭了一场。

第二天，许多人都知道了苏小北和张庆良分手的事。

"学习又那么好，为什么要跑回那个山沟沟里去呢？"

"那么多的单位向她投去了'橄榄枝'，她竟然一点不动心？"

"唉，人各有志嘛。不必强求！"

"虽然我做不到，但我支持苏小北的选择。"

就这样，从清华大学毕业的苏小北，原本可以留在大都市发展，原本可以和张庆良衔泥筑巢，比翼齐飞，可是她还是响应"大学生志愿服务西部计划"，来到了喊水湾从事支教工作。

一切浮云都淡去，从此苏小北的世界里澄明了。

活着，对她来说，就是静默地享受着眼前的清苦。她别无所求。

支教三年期间，她又多次重走当年勘测枯水水源的路，对原考察报告进行了多次修正。

同时，她还专程考察了枯水川战役文化遗址，对一些文史资料进行了广泛搜集、梳理，并撰写多篇论文，在国内最权威的文史杂志上发表，引起了广泛影响。

她对枯水土堡文化和枯水岭峡谷进行了深度挖掘。

她撰写了《从枯水川到阿姆河》一书。图书出版后，同样引起了学界的高度重视。随后该书又被翻译成阿拉伯文，在古丝绸之路沿线国家广为流传。

有一天，苏小北正在给孩子们批改作业，校长说："学校里来了一个外国人，要找你。"

苏小北愣住了，心想，外国人？自己从来不认识什么外国人啊？再说，老外到这穷山沟里干什么？

带着种种疑惑，苏小北走出办公室。

一看县委书记竟然站在校园里，旁边是一位35岁上下的中东穆斯林。除此之外，还有枯水镇书记、镇长等一班人马。

"小北同学，保密工作做得不错嘛，来枯水川支教快三年了，连我都不知道，"书记喜笑盈盈地走上前来与苏小北握手，简单寒暄之后，他郑重地介绍道，"这位先生是从伊朗来的阿里，他读了你的《从枯水川到阿姆河》一书后，专程来到中国见你。"

听县委书记这么一说，苏小北赶紧走上前双手紧紧握住了阿里的手，但一时又不知道该说什么。

她灵机一动，干脆用英语与阿里交流。没想到对方也懂英文。这样一来二去，两人很顺畅地交流上了。

阿里表示，一次偶然的机会，读到了苏小北的著作眼前一亮，因为书中提到了元末明初时来到枯水经商的波斯人苏拉玛尼，他说："苏拉玛尼是我们的先祖，因为我们家至今还保留着祖谱。这本书里有一张照片，几个伊朗人站在枯水川清真寺门口合影，照片上就有我的父亲。"

"原来是这样，从公元 14 世纪到今天，真是 600 多年的奇缘啊。"苏小北不由得发出了一声感慨。

阿里说："是啊，我们家族与中国枯水川太有渊源了，应该说，枯水川就是我的第二故乡。哈哈哈。"说着，阿里爽朗地笑了起来。

这时候，县委书记走上前来，插话道："阿里这次来中国，一方面是来认识你，另一方面，基于中国向西开放的利好政策，他准备在中国投资做生意，并在枯水川饮水工程上尽善尽美。"

"那县长的意思是说……"话说到这儿，苏小北已经猜到了八九。

没等苏小北说出口，县委书记连忙点了点头："对了，到底是高才生啊，领会能力这么强。没错，你们写的关于枯水水源考察的报告，省长看过后非常重视，就饮水方面，已经安排相关部门在落实，旅游方面，也在规划中。阿里先生要在这两方面都做投资。"

与阿里经过短暂的见面后，在县委书记和苏小北等人的陪同下，阿里瞻仰了由其父辈出资修建的枯水川清真寺，并走访了农户，了解了饮水状况，考察了几个有待开发的旅游景点，第二天，就离开了枯水县。

县委书记临走前告诉苏小北："堂堂清华大学才子，应该有更大的平台。我向上面打报告，把你作为特殊人才引到专项编制中来。"

苏小北说："谢谢书记，不用麻烦您，什么样的平台，我自主争取。"

书记哈哈笑了，拍了拍苏小北的肩膀说："好，我喜欢你这种个性。"

十一

在喊水湾支教了三年时间，苏小北的确意识到自己还可以有更大的抱负，2009 年，她参加了国家公务员考试，结果以综合成绩第一的名义被省地矿局录取了。

正式上班报到的那一天，局长就找苏小北谈话。

局长五十多岁，目光如炬，清澈透亮，偶尔露出倨傲的神情。

"你的情况我有所了解，你报考地矿局，也是在我的意料之中。"局长说着，呷了一口茶，长长的眉毛轻轻扬了扬，显得很世事洞明的样子。

局长的话让苏小北有点吃惊，"意料之中"是什么意思呢？她心里嘀咕着。

见苏小北只是抿着嘴笑，并不说话，局长自觉卖关子也无趣，于是干脆把话直接抖到明处。

"省上转来的关于枯水川水源的考察报告我看过，你在报告中提到的几个富水区，局里研究讨论过了，目前已经派地质水文勘测队做实地勘察、定位，一旦可行，会很快动工。"局长说，"你个人情况，你们县领导给我讲了。你学的专业就是水利水电工程，有志于回归家乡作贡献，这对于一个毕业不久的年轻人来说，非常难能可贵。"

最后，临走前，局长告诉苏小北，"鉴于你对枯水地区比较熟悉，前期先做一些枯水川饮水工程的协助工作。女孩子嘛，不适合到艰苦的一线去，时机成熟，你可以去研究所搞科研工作。"

听局长说完，苏小北点了点头。可她心里还是不服。

"我一定要去枯水川，要亲眼看着枯水川的人生活一天天发生变化。"

就这样，经过两年的锤炼，苏小北已经成为一名成熟的干部。可她还是觉得待在省城，为枯水人做点事真是鞭长莫及啊，而且很容易让自己变得浮躁。

正当她为此焦虑不安时，局长找她了。

局长说："小北，你被组织上选定为培养考察对象，要求下到基层挂职锻炼。我们考虑了一下，喊水湾、枯水川、旱塬村一带马上要成为国家全域旅游重点开发地区，派你去枯水镇当副镇长，挂职一年。"

"谢谢组织，谢谢局长，我一定不会辜负领导对我的信任！"苏小北无比激动，她捂了捂胸脯，感觉心脏都快要跳出来了。

2011年。苏小北离开了省城，先是坐了10个小时的长途汽车来到枯水县城，接下来还得转车去枯水镇。本来镇长打电话说要派个姓刘的司机来县城接的，可还是被苏小北婉言谢绝了。

苏小北心想，我有腿有脚，自己走，一个农民的孩子，可不想搞什么特殊。

巧的是，那天苏小北在县城街头遇到了马拴蛋。

老子当了一辈子村主任，作风口碑很硬朗，但儿子却不争气，学习差，做人做事很蛮横，高考名落孙山。

苏小北从小受尽了马拴蛋的欺负。马拴蛋经常从山里抓来蛇、青蛙之类的，装到小北的饭盒里，有时候趁她不备，将毛毛虫灌进她的脖子……在苏小北的眼里，马拴蛋就是个十恶不赦的家伙。

苏小北13岁那年，有一次她赶着毛驴去烂泥河驮水，装满水正往回赶，经过一个废弃的油坊时，突然马拴蛋扮着鬼张牙舞爪地从一个墙角跑出来。

毛驴受到了惊吓，一声嘶鸣高高地昂起头颅，一对后腿直挺挺地撑起整个身子，随后便四蹄纵横，狂奔而去，一对装水的木桶瞬间摔成了碎片，水洒了一地。

更可气的是，马拴蛋竟然躺在地上装死，用现在的说法是：碰瓷。

哼，不管他。

苏小北急于追赶毛驴，跑出十来步远时，听见马拴蛋在身后大声呻吟起来。

"哎哟，我的妈呀，肚子疼，快来救我啊，我要死了。"

苏小北这才刹住脚，转过身径直朝马拴蛋走来。心想，老娘要看看，你这个马拴蛋到底是要死，还是要活。

马拴蛋自觉这招果然奏效，心里暗自发笑。

"哦，乖乖，让我看看，你是真要死了，还是在装死呢。"苏小北边说着，边铆足劲儿瞅准马拴蛋的屁股狠狠踢了几脚，甩下一句话——"再要是人不人鬼不鬼的，小心我踢你的蛋！"然后转身走开了。

走出大老远，还能听见马拴蛋拼着命在哭喊。

此事不会就此善罢甘休。

第二天，苏小北发现自家大门上被糊上了驴粪。

第三天，苏小北发现后院一棵杏树被削去了头。

第四天，苏小北发现鸡窝里的鸡蛋突然消失了。

一定是马拴蛋干的，村里有人向苏小北偷偷告密。可是没有抓到现形，苏小北也没招。

不管怎么说，苏小北和马拴蛋，就是一对针锋相对的冤家。

…………

当然了，这都是童年时期的陈年往事，现在看来很可笑。

这次两人在县城看似是偶遇，事实上马拴蛋是受枯水镇镇长的指派，专程来接苏小北的。

原来马拴蛋高中毕业以后，就去当了兵，服役后进镇政府当了一名司机。虽然苏小北来到枯水镇挂职不想惊扰任何人，可镇长还是给马拴蛋下了命令：必须把苏镇长平平安安地接来！

接到领导的指示后，马拴蛋风尘仆仆地向县城赶来，他心里不停地嘀咕着：什么苏镇长，架子这么大，听说还是个名牌大学毕业的高才生，我呸。

正这么想着，远远地，马拴蛋看见街边有一个熟悉的身影，仔细一看，那不是苏小北么。马拴蛋连忙来了个急刹车，将车停在了苏小北的面前。

"怎么样，小北同学，你不是在省城工作吗，跑我们这穷山沟沟里干什么。"

小北一看是马拴蛋，没好气地回了一句："枯水县是我的家乡，枯水镇是我的故土，枯水川更是生我养我的地方，我想来就来，管得着嘛！"

碰了一鼻子灰的马拴蛋觍着脸紧追着苏小北不放，"喂喂，我听说从省城来了一个苏镇长，我想不会是你吧？"

苏小北愣了一下，扫了一眼神色自得的马拴蛋，笑了一声，说："你不会是刘司机吧？"

话都挑到这儿，两人心里就明白了，马拴蛋一下子蔫了下去，瞪了苏小北一眼，嘴里吐出几个字来："真是冤家，算你狠！"说完油门一吼，一溜烟儿跑了。

十二

话说马拴蛋没有把苏小北接上，开着车放了空枪，镇长指着鼻子一通臭骂。

"我说你个拴蛋，让你接个人都接不上，你说你能干啥！"

"人家可是清华大学的高才生，那能耐着呢，把你拴蛋的头打破，把全世界的知识都灌进去，恐怕都不及人家苏小北的一丁点儿。"

"你怎么就一点不像你爹呢？亏你还当过兵，一点军人的气概和担当都没有。"

马拴蛋一直垂头丧气地站在镇长的办公室里，一句话不说，还时不时朝镇长撇嘴翻白眼。

镇长正骂得起劲，有人敲门。

镇长说，进。

来人不是别人，正是苏小北。

见屋里气氛不对，苏小北也猜出了八九。她连忙替马拴蛋打圆场，"镇长，这不怪拴蛋，是我有其他的事要县城处理，所以就让栓蛋先回了。"

镇长其实心里很明白，苏小北既然这么说，他也赶紧给自己，给马拴蛋个台阶下。

他指了指马拴蛋说："好吧，你出去吧。"

马拴蛋头也不回地出去了……

到枯水镇走马上任，根据包村扶贫的政策要求，苏小北将负责定点帮扶枯水川、喊水湾、旱塬村三个回汉杂聚的自然村落。

以包村干部的名义回归故土，苏小北内心有一种说不出来的激动。

一周后，她回到枯水川。

那天，苏二虎守在村口，吧嗒吧嗒地抽着旱烟，等待着女儿的归来。

黄昏时刻，清真寺在高大的榆树的掩映下，显得极为肃穆。一群乌鸦绕着树冠飞来飞去，一会便径直朝着太阳落山的地方飞去。

远远地，苏小北看见无比苍老的父亲，疲惫的身影被夕阳镀上了一层霞衣，有一种不真实的恍惚感，她突然想起去世多年的母亲，眼眶不由得湿润了……

一条烂泥河，将枯水川的人隔在南北两个阳坡台上，说那里是中国最穷的地方，一点也不夸张，靠天吃饭不必自说，而且吃了上顿没下顿，光用水就要跑好几里路呢，来回至少一个小时，中间还要蹚过那条河，由于常年几乎没什么水，遇到下雨天，烂泥河就变成了真正的"烂泥河"，等回到家时低头一看，一桶水，半桶泥。

烂泥河的上游，有一个同样苦命的村子——喊水湾，下游是旱塬村。这三个村子里的回汉百姓像一条藤上的瓜，千百年来逐水而栖，却始终喝不上一口清澈甘甜的水。即便如此，却没有一个人轻言放弃对家园的守望。

如今，从小看着长大的苏小北苏镇长来了，乡亲们都盼望着能过上好日子。

新官上任三把火，苏小北意识到要想彻底解决老百姓的吃水问题，必须要做好蓄水工程。

于是，利用省城工作的便利，苏小北将枯水水源勘查的项目亲自对接了过来。

县委书记和镇长也觉得这样比较妥当，"毕竟这个考察项目是你从头到尾在跟进嘛。"

但是，苏小北很快意识到，当年自己带队调研的两个富水区，即使开发出来，也只是能解决喊水湾一个村子的饮水问题，枯水川和旱塬村却远远指望不了。

老百姓等不了，地里的庄稼等不了，怎么办？

一不做二不休，苏小北决定带领乡亲们挖水窖，利用屋面、场院、沟坡等集流设施，战天斗地，苦苦干了三个月，每家每户的庄前院后都有了一个蓄水窖。

万事俱备，只欠东风，窖修好了，大伙就盼望着下大雨了。

可是天公不作美，先是暴晒，接着又是阴云密布，一连几个月过去了，就是不下雨，再这样下去，今年又会颗粒无收。

这个时候，乡亲们熬不住了，开始埋怨了。

"挖这么多窖顶个屁用，白费我们的劳力了。"

"我听说过地窖能储藏洋芋蛋蛋子，还没听说过能装水。"

"唉，人家是当官的，让你干啥你就干啥。屁话那么多干什么？"

苏小北心里急得像火烧一样，心想，这样下去，一定会惹众怒的。

正当她一筹莫展时，突然想到了人工降雨。瞧这天气，雾浓如锁云重如山，应该符合人工降雨的条件。

可人工降雨需要钱啊，这笔钱由谁出？老百姓指望不上，镇上经费也紧张，肯定拿不出来。

于是苏小北开始往县气象局跑。

接待她的是个主任，秃顶，从苏小北进入他的办公室到离开，始终没有把脑袋从电脑屏幕后面抬起来。

苏小北说："主任，枯水川、喊水湾、旱塬村旱情告急，我看这几天天气阴沉，能不能人工降一下雨？缓解一下人畜饮水问题，地里的粮食也在紧急关头，更需要雨水啊。"

主任闷声闷气地说："你是谁？你从哪里来的？你知道啥叫人工降雨不？你懂不懂什么情况下才可以实施人工降雨？"

几个问题如连珠炮似的被对方扔了过来，哒哒哒，在苏小北的身上炸开了。

苏小北有点急了，她说："可是，可是我们真的需要雨啊！"

主任还是不抬头："我又不是天王爷，我没办法！"

不给个准话，苏小北就是不起身。

最后，主任干脆说："不是我跟你过意不去，而是没接到上级的命令不能随便发炮。"

苏小北这才离开。

下楼到了气象局的院子里，刚好碰见局长，局长说："实在对不起，国家财政没有专门为水窖蓄水安排人工降雨的经费啊。"

苏小北想到直接找县委书记。

书记见苏小北气喘吁吁地进来，起身倒茶，然后说："有个好事我正好要告诉你呢，这不你来了，就当面说吧。"

苏小北说："书记，啥好事，您说吧。"

书记说："你还记得那个伊朗商人阿里吗？"

苏小北笑了："哦，当然记得。"

书记说："他前天又来我们枯水县了，和县政府签订了战略合作协议。枯水川的全域旅游项目马上就要落地了，按照你最初的构想，我已经委托深圳一家知名的旅游规划公司在做方案。"

"好啊，太好了。"苏小北喜上眉梢，可她的情绪立刻又低沉了下去。

书记这才想起苏小北刚进门时急急忙忙的样子，他问："苏镇长，你有什么事？"

苏小北说明了来由。

书记说："这次降雨的经费我来协调，你先回，我立刻安排。"

2011年的夏天。一个难忘的日子。

没等苏小北赶到镇上，十几枚火箭炮从枯水岭上发出，呼啸着，穿过烂泥河上空黑压压的云层，倾盆大雨从天而降，雨水哗哗哗地流进窖里，烂泥河沿岸的老百姓端着盆子拎着水桶奔走相告，有人敲锣打鼓甩起红绸跳起了秧歌……

苏二虎蹲在地窖口，脸上的皱纹瞬间舒展开了，他扔掉手中的旱烟袋，光着膀子，和数百号村民在雨地里欢腾起来，恍惚间，他似乎透过雨幕，看到了亡故的老伴站在枯水岭，含着笑泪望着枯水川……

这个时候，枯水河的对岸响起了花儿的声音：

> 菜籽开花渗金黄，
>
> 你的人好情意长。
>
> 活着无法把你近，
>
> 死了隔山架岭把你送。
>
> ……
>
> 枯水山高落泪了，
>
> 世上没有我妹了。
>
> 望着枯水又绿了，
>
> 想妹想得我心乏了。

十三

第二天，雨过天晴，马拴蛋气呼呼地踢开了苏小北办公室的门。

他说："我爹一把年纪，整天撅着屁股好不容易挖出个水窖来，结果昨天让你们的一场狗屁人工降雨给泡坏了，我说你这个镇长怎么当的，有没有点科学规划的常识啊。"

听马拴蛋这么一说，苏小北意识到问题的严重性，她连忙往枯水川赶，发现好多村民的水窖出现渗漏现象，她又连续跑到喊水湾、旱塬村察看，情况更糟糕。

比这更糟糕的是，马拴蛋开始煽动三个村子的村民在烂泥河畔游行，打出"苏小北滚出枯水镇""苏小北是个骗子"之类的标语，甚至还编出村民喝了窖水得肠炎的谣言，同时发动村民向县里写举报信，要求罢免苏小北副镇长的职务。

县委书记把电话打到镇上，镇长说立刻调查，找出水窖工程失败的原因。

挂完电话，镇长拨通了马拴蛋的电话，要求他立刻滚回单位。马拴蛋在电话里回应：老子不伺候你们了，不干了。镇长气得一屁股坐在沙发上。

事后，苏小北主动作出了检讨，说没有考虑到土质水窖快速渗漏的严重性，按理说应该对水窖内部进行混凝土硬化处理。可是水窖工程还得继续，经马拴蛋这么一搅和，苏小北失信于民，接下来的工作该怎么干？

正当为此事一筹莫展时，有一天，村主任马铁柱走进了镇政府的大院。

一进门，马铁柱扑通一声给苏小北跪下了。

他说："小北姑娘，我知道你是为咱老百姓做好事，对不起，我养了个孽种，给你添麻烦了，在这里我给你赔礼道歉，明天我就挨家挨户去给乡亲们把这事说清楚，这个孽种啊……"呜呜呜，老人说着，竟然哭了起来。

苏小北被眼前的一幕惊着了，她连忙伏下身子，将马铁柱扶了起来，她说："铁柱叔，这事不怪拴蛋，更不能怪您，是我的工作做得不到位，我甘愿接受枯水人民群众的监督和批评。"

三天之后，人们看见马铁柱把儿子马拴蛋五花大绑，用牛鞭抽打着，而且见人就说，"乡亲们啊，小北姑娘是我们枯水川走出来的第一个高才生，这娃命苦啊，她妈妈喜凤英为了给村里找水丢了性命，这是一笔良心债，我们一辈子还不起，唉，都怪我这不争气的儿子……"马拴蛋也痛哭流涕，一副认罪悔过的样子。

有了马铁柱父子这件事，枯水川的村民修水窖的热情再度掀起。

可是钱从哪里来？老百姓穷得叮当响，家家户户凑份子肯定指望不了，怎么办？苏小北突然想起了远在北京的初恋男友张庆良，她记得当年两人分手时，张庆良说了一句话："小北，虽然我们两个各有志向，但以后不论你在哪里，只要有困难就找我，我一定会出手相助。"

回到家乡后，苏小北断断续续了解到张庆良在北京创业成功了，成为一家网络科技公司的董事长。想到这里，苏小北拨通了张庆良的电话，寒暄了一会，就直奔主题，把自己在枯水镇的经历和遭遇一五一十地说给了对方听。

没等苏小北说完，张庆良说："小北你别说了，我懂你，知道你遇到了困难，这样吧，明天我安排人先打过来 50 万元，作为水窖工程的第一笔基金，随后我再发动大学同学和身边的企业家，为整个枯水镇吃不上水的回汉同胞捐款。"

张庆良的一席话，让苏小北感动得说不出一句话来。

资金的问题很快得到了落实，水窖风风火火地修了起来，就连痛改前非的马拴蛋也积极地加入了兴修水窖的大潮中来。

张庆良捐助的资金到位以后，伊朗人阿里的投资，以及政府部分项目资金也陆续到位。

为了感谢张庆良，苏小北还专门把这位曾经的男友请到了枯水川，参加了水窖奠基剪彩仪式，并现场宣布以清华大学学友会的名义，设立了"大地之爱·母亲水窖"项目专项基金。

当天，由阿里出资开发的好水坡地下饮水公益工程、枯水岭旅游开发项目也同时启动。启动的还有三大文化遗址保护工程，即好水川文化遗址、枯水土堡文化遗址以及枯水废井文化遗址工程。

这么多的惠民工程同一天启动，非常少见，省委、省政府相关主管领导也莅临枯水川。

应苏小北邀请，地矿局的局长也从省城赶来，他在大会上说："小北说得对，蓄水窖挖得再多，但终究还得看老天爷的脸色，要想彻底解决老百姓长远的饮水问题，就得打机井。"

就这样，不出半年，枯水镇辖区，不论是枯水川、喊水湾，还是旱塬村，家家户户的门口都多了一口井，而且还压上了管子，将水直接引到了灶台上。

一转眼，苏小北挂职的时间到了，要回省城原单位工作了。

离开枯水镇的那天，从四面八方赶来的回汉群众，拉着苏小北的手诉说着对她的留恋。

县委书记也驱车赶来，亲自送来两块刻有"枯水人民的好儿女""清华英才，枯水公仆"的牌匾，那一刻，苏小北的眼圈红了。

此时正是深秋。盘山公路蜿蜒而上，车缓缓地驶过枯水岭，苏小北将目光投向万紫千红的车窗外，一群大雁朝南飞去，她不由自主地轻声哼起小时候妈妈教她的一首童谣来：

　　咕噜雁，曳铧尖

　　一曳曳到枯水川

　　川里的娃娃没鞋穿

打了一双草鞋穿

草鞋放下过年穿

光脚跑过下雨天

······

王小萌偷生铁马坪

铁马坪离铁马市有五百多公里路。但是人们还是将铁马坪这个弹丸小地忽略了。然而谁能想到，就是这样的一个地方，竟然在某一天突然冒出一座茶楼来，铁马坪一下子喧腾了起来，不断会有一些人一路打听来到这里。

"梧桐落雨在哪里？"

"王小萌在不在啊？"

这些人大多行为怪异。三三两两，肩上背个古怪的包，或手里拎个古怪的东西，像是在一次不经意的梦游中遗落在这里的散客。

其实梧桐落雨就是梧桐落雨茶楼，好多人懒得把它说全。不过说它是"楼"，就有点勉为其难了。铁马坪压根没什么楼，八竿子撇不到的"边角料"地带，留给人们的是原生态的散乱，根本不具备一个真正意义上的"楼"所要存在的一切条件。而梧桐落雨这样的"茶楼"为什么存在？那就得去问问王小萌了。

王小萌就是这家茶楼的老板。

王小萌不是铁马坪的人。她是去年夏天才来到这里的。当时，王小萌戴着一副大镜片，尤其那宽边镜架，让她有一种大行其道的味道。如果仅仅是这样，还不足以让铁马坪的人觉得王小萌有多么的了不起。真正意义上对她感兴趣，是她的着装。比如，上身的那件麻布衫，像20世纪30年代的，很陈旧，都有点皱皱巴巴了。可铁马坪的人还是喜欢看，不但喜欢看，有些人还要去摸一下。这自然为王小萌添加了不少麻烦。王小萌下身穿的是一件黑色的棉布裤，也有特点，裆出奇的大，能塞进三五个足球。这让铁马坪的人赞叹不已。是啊，王小萌的裤裆大，但是她的裤子是属于一路收紧的那种，到了裤口处，死死箍住了脚脖子。当然，可能是为了行走中的干净利索，王小萌在小腿上还缠了一层裹脚布。料也是麻的，缠在上面硬邦邦的，像干了的一层糨糊。

王小萌的长相属于那种很古典的，瓜子脸，皮肤也很白很嫩，但事实上，得让她将大镜片摘下来，这样就可以看得更清楚一些。不过，王小萌好像对自己的美很不在乎。不补妆，不描眉，不涂口红，就连指甲不修也不染。耳环项链更别提了，不戴。戒指倒有一个，不过可以看出，材质很劣，而且上面雕着一朵相当笨拙的莲花，而且从花瓣间隐隐约约还可以看出没有清理干净的锈丝。

王小萌刚来到铁马坪，每天黄昏就在巷子里走来走去。起初人们对她比较反感，因为她走路时撇着八字，不像个规矩的女人，整条巷子似乎都容不下她。不过习惯了，就没什么了。铁马坪的女人们，没事儿老爱三五成群地围坐在一起，一针一线地缝着各自男人的汗衫，眼睛却不忘瞅瞅眼前这个怪异的女人。她们暗自拿自个儿跟对方比，觉得活了大半辈子，连这条巷子还没走出过，更别提穿上人家那样的衣服了。她们内心开始咒骂各自的男人，觉得他们是世界上最没用的家伙。看见自己的女人对一个漂亮的陌生女人如此倾心，铁马坪的男人打心眼儿里嫉妒。这些可怜的爷们大多只能站在自家的街铺前偷偷发呆。不过，一些光棍们的胆子要大一些。他们远远地看见王小萌来了，就像一棵棵歪脖子树，挺在路边上，叼起烟，扮酷。而王小萌只对他们微微一笑，就轻轻地过去了。从她那种轻描淡写的动作中可以看出，王小萌笑的时候心里头风轻云淡，什么也没想。

王小萌的身后总跟着一只白色的小狗，这个被王小萌称为"凡·高"的小巧的四条腿伙伴，竟然与它的主人有着同样的装扮。只是与王小萌相比，"凡·高"显得有点老态龙钟，因为它老是跟在她后面淌口水。可这个牲畜，似乎很有灵性，往往就在王小萌冲着铁马坪的光棍们发出微微一笑时，它也会发出微微一笑，而且远比王小萌的笑要意味深长得多。

王小萌在考察铁马坪。铁马坪淳朴自然的韵味深深地吸引着她。秦汉时期这里居住着大量的游牧民族，拉弓、射箭、套狼腿是这些北方人的拿手好戏……后来，就听说一代巾帼英雄穆桂英在这片土地上安过营扎过寨。可现在，王小萌要将这里变成自己的阵营，并希望像只不死鸟，永久地活下来。

茶楼开张了，王小萌在自己的地盘上开始忙活了起来，每天都要熬到深夜。这让王小萌有一种富足感。她第一次感觉到生活有了一种说不出来的萌动。每天早晨起来面对镜子时，王小萌总觉得背后会有一只无形的手抚摸着她圆润的肩膀，温情而充满慰藉感。她相信，这是只游离于时空之外的上帝之手，在如此美好的清晨，垂青于自己。想到这里，王小萌有点感动，一种强烈的倾诉欲望让她坐立不安。可惜茶楼里只有她一个人，她不知道应该向谁倾诉。她想到了小狗"凡·高"。这么多年来，只有"凡·高"一直陪伴在她的身边，从不嫌弃她。

正因为他们之间有了心与心的交流，通人性的小狗"凡·高"，并不忘自己奴仆的身份，时时刻刻为它的主人鞍前马后地效劳。这不，王小萌现在起床了，它已经守候在了她的床前，为她叼来了拖鞋。王小萌也是出于感激，伸手摸了一下"凡·高"的头，并说了声"乖"。那种安闲的姿态，就像是妈妈疼爱着自己的婴儿。这对于小狗"凡·高"来说，却是莫大的欣慰。为了表达谢意，它往往要跳进王小萌的怀里，舔舔主人的手，撒起了娇。这时候，王小萌就故意装作发怒的样子，嗔怪道："怎么，又不听话了？"识眼色的小狗"凡·高"腿一蹬，又跳在了地上。可它并不溜走，而是蹲在原地用水汪汪的眼睛看着王小萌，好像在祈求着什么，又好像在等待着主人的惩罚……王小萌看在眼里，疼在心上，一把抱起小狗"凡·高"，搂在怀里亲个不停。

将小狗之所以称为"凡·高"，王小萌也是有想法的。王小萌从小喜欢画。她最欣赏凡·高的《向日葵》，黄灿灿的一片，让人对生命充满敬畏。王小萌遇到小狗"凡·高"的时候，正是一个美好的秋天。当时，王小萌外出郊游，却无意发现一只小狗被遗弃在一片向日葵地里，腿受了伤，模样很可怜。王小萌当即脱下自己的外套，将小狗小心翼翼地裹了起来。回来后，她便给小狗取名为"凡·高"。

王小萌把茶楼布置得像一个博物馆。茶楼的墙上的架板上陈列着形态各异的物品，有泥塑品、手绘汗衫、打火机、风铃、纪念章等，当然，最引人注目的还是那些埙，这些七个孔的玩意儿，全被王小萌请进一个精致的玻璃柜里，视为座上宾。另一面墙上则贴满了各种画和人像摄影作品，都出自王小萌之手。王小萌每次将目光落在这里的时候，心就要跳一下。因为墙上有一个人，老用那种眼神盯着她看，白天看，晚上也看，可以说昼夜不分地看。

王小萌的酒水并不贵，一瓶铁马啤酒，2元（在城里至少是5元钱），一壶铁观音，15元（在城里至少是30元钱）。像这样的价，外来者一般都不会说什么的。但是铁马坪的人却认为太贵了，骂王小萌宰人宰到当地人的头上了。他们抱作一团，发誓不去梧桐落雨。但是时间长了，有些人就靠不住，背着妻儿老小，溜进茶楼，找一个阴暗的角落坐下，一声不响地呷口酒。

铁马坪原来是一个古战场。后来，高速公路从这里通过，再后来，随着石料的开采，一些山区的农民涌到了这里，大杂居小聚居，形成了一条类似于十里长街那样的铁马坪街市，这就使得原本荒凉的铁马坪一下子热闹了起来。但是热闹归热闹，铁马坪的人还是很穷，就连平日里喝口凉水，也要省着喝，更别说喝口小酒了。因此到梧桐落雨消费，对于铁马坪人来说就是一种奢侈。

起初，梧桐落雨的生意并不好，因为人们对待铁马坪的态度很固执。但是陆续有一些有想法的城里人来到这里，生意就好了起来。后来，那些没有想法的城里人也来到了这里。来者大多是夫妻、朋友、情侣，当然，也有独身一人的。他们或自驾车，或坐当地人的驴车，或直接爬火车到铁马坪的，当然，也有徒步的。要知道，这些人不是专门来喝茶的，但是到了这里，就得喝落雨茶。

有一天，王小萌正在专注地调配她的招牌茶落雨茶。她将柠檬片、枸杞叶、玫瑰花瓣放入一个陶制的烧杯，然后将点燃的酒精灯移过来，缓缓加热。灯是铜制的，看起来有些年头了，但火是新的，很纯青。

熬好茶要的是时间。

王小萌伸了一个懒腰，看了看墙上那群人。最后，她看见了古格，还是那种眼神，忧郁得像雨巷里的一盏灯。照片上的古格像一头草原狼，站在唐古拉山口，双手捧着一只幽黑发亮的埙在吹……王小萌一下子回到了三年前，那时候她和古格都在同一所大学里上学，只是古格学的专业是音乐。这张照片就是王小萌快毕业时特意给他拍的。从照片上还能看出当时在宿舍那个横七竖八的场景：高低床、洗脚盆、臭袜子以及一摞摞的 CD 碟……

水沸腾了，王小萌从隔板上拿下一个檀木盒子，打开，取出一包香精。王小萌正想撮一点放入烧杯，却看见吧台上映出一个人影来。王小萌心里一颤，墙上的古格已经站在了她的眼前。

外面的天，很凉。有光从玻璃窗外流进来，缓慢得像正在平静逝去的时光。忘记是漂洗记忆，而不是冷漠。因为落雨茶的香气，因为窗外飘游的身影，也因为茶楼里流动的身影带起恍惚的光，让王小萌明白，自己并没有被世界遗忘。

王小萌和古格坐在角落里，想着一些美好的心事，时间在打盹，他们也在一片温暖的光里小憩。整整一个下午，他们一句话不说，空气中有一丝丝的心伤。

"铁马坪太凝重了，就像一块抹布，总能拧出水滴来。"古格说。眼睛盯着刚沏好的茶，他看见茶水有种精灵般的色彩。"玫瑰花是鲜的？""是的，是雨水刚打落的，还带着泥土腥味呢。"王小萌斜了一下身子，一束光线从她圆润的下颌擦过。古格的影子投在地上。王小萌将头枕在椅背上，长吁了一口气。她问："你不喝落雨茶吗？"古格摇摇头，然后直接走到吧台边自己倒了一杯爱尔兰："我喝这个。"古格的眼神像毒针扎着王小萌看，王小萌就像是低着头匆匆走在行人中间，猛然撞上了一个物体，慌不择路。

"对不起。"王小萌起身离开。没想到古格一直跟着她的身影移动。王小萌抬起愤怒的头，看到那杯陌生的爱尔兰，她顿时无法移动了。她开始盯着古格看了，发现古格瘦了很多，眼神里充满了落寞。

古格说："我要回到属于我的西藏了，你愿意跟我走吗？"王小萌沉默了，铁马坪给了她得以偷生的安所，她无法离开："我不爱爱尔兰，我只爱落雨茶。"泪就这样宣泄而出，她说："想试试眼泪滴在落雨茶里的味道吗？"古格说："不想，永远都不想。他们相视而笑。"

梧桐落雨茶楼里每天都要接待不少过客，铁马坪的人谁也不会知道曾经来过一个叫古格的男人。他们的日子现在过得安闲极了。王小萌自从那天见了古格以后，生活一下子乱的。是啊，情感是这个世界上唯一割舍不了的"不死鸟"，古格的突然造访，着实让王小萌忐忑不安。她感觉到，古格并不喜欢铁马坪！他已经在变，他应该永远属于爱尔兰。

不过还好，生意不错，客人多，对于王小萌来说，随意地浪费一下时光，烦恼就没有了。只是每当客人散尽的时候，王小萌就一个人发呆。铁马坪不像那些大都市，没个好的落脚点，好多城里人都会连夜赶回去。城里人一撤，铁马坪又会回到它原始的安静了。

正因为如此，铁马坪的夜晚充满了神秘色彩。当地人一般晚饭后就睡觉了。即使睡不着，也要熄了灯在屋里待着。只有那些胆子大的，会像夜游狗一样到处乱窜。据当地人讲，不出门是因为怕狼群袭击。那些狼很聪明，白天就待在远离铁马坪十公里外的铁马山背后晒太阳，到了晚上才出来。

关于狼的事，王小萌早有所耳闻，就这一点深深地吸引了她。可以这样说，如果铁马坪没有狼的话，王小萌不一定来这里开茶楼。在没有见到狼之前，她曾设想过好几种与狼邂逅的方式。尤其那天见到古格之后，她动不动半夜一个人跑出去，冲着铁马山大喊：狼，你在哪里？喊着喊着，王小萌就泪流满面了……

王小萌毕业后本来可以和古格去西藏的，可是那年父亲不幸去世了，王小萌便回到了自己的家乡。一回来，她给古格发了个短信，告诉他自己很伤心，过一段时间再去他那里。可是处理完父亲的后事后，她再也没有见古格的勇气了。她知道，古格一直是爱她的，他们从上大学就已经私订终身，可是现在王小萌觉得自己很累，如果两个人再纠缠下去的话，古格的父母一定会找上门来的。他们的事一直被反对。何况父亲刚走，王小萌不想在这个时候给自己添过多的麻烦。

在朋友的介绍下，王小萌在当地的一家小报当了一名记者。王小萌喜欢这种自由的工作，衣食无忧，而且可以去好多地方走走。可是，不久她患了一场重病，住院期间突然觉得病房里的日子真正属于自己，阳光透过玻璃照在白床单上，散发着干净而自由的味道，有情有致得令她忘记了疼痛，也让她更懂得了珍惜日子。"该做些自己想做的事了。"出院后，她放弃了那份体面又稳定的工作，向心中的理想之地出发了。

那段时间，王小萌快乐得像一只小鸟，动不动背个包一个人往乡野间跑了，几天回来后，往往会带来一些好玩的东西。后来，她去了一趟铁马市，不知怎么地，竟然学会了制埙，并结识了一大帮朋友。

王小萌将各种各样的埙挤在一间屋里，觉得是一件很有趣的事。其中有一只埙是王小萌特制的，她之所以给它取名为"狼"，是因为这是一只造型像狼头的埙，黛青色的六孔陶埙，好像讲述着一段悠远的恋情。

空闲的时候，王小萌就拿出来吹。握在手里，心就静了。放到嘴边，心就老了。是她如此深爱的音律，一吹起来，心就似乎越过了千年风雨。如此幽远苍凉的声音，仿佛从远古的黄土中飘出来。

有一次，王小萌一吹，对面听的人就害怕得站了起来。说这样的声音，犹如鬼魅。呵，她总是忍不住笑了。没有一颗静的心，又怎么去听静的音？ 笑着笑着，王小萌就难过起来。是这样，这样深的难过。 她想，也许我是老了。居然希望这只埙，是真的沾染了魂魄的灵气。也许是来自远古的红颜，幽幽地用一只黛青色的陶埙，求一段来生的尘缘。 如果是这样，如果依然是这样的结局。那么，她就只好遗忘。 遗忘这只埙，连同它带来的寂寥。

王小萌把狼埙装在谭木匠布袋子里。是这样呼之欲出的蓝印花布袋子，静静地覆盖住一个女孩子的心机。有时候，王小萌便会将狼埙取出来，不吹，只对着镜子仔细把玩，还对着它说一些话，间或往墙上瞅一眼，那眼神是绝对的幽怨，像一袭秋风掠过湖水。她想起曾经和古格去铁马山的情景……

那次古格是偷偷背着父母从西藏跑来的。恰好是一个秋天，铁马山到处开满了金灿灿的黄色小花，像一盏盏的灯，在石隙间燃放。是什么花，王小萌叫不上名字。古格想了想说是碎金花。为此王小萌还与古格争辩，她说什么碎金花啊，你净瞎诌，应该是马蹄莲花。王小萌说，你知道为什么叫铁马山吗？古格摇摇头说不知道。王小萌笑着就捶了古格一拳，说真是大笨蛋！据说当年穆桂英挂帅征战于此，铁马踏石，留下马蹄无数，然而历经千年风雨，那些马蹄不但不被风尘淹没，反而每年一到秋天便全部开花，久而久之，就变成了我们现在所看到的漫山遍野的马蹄莲花。因此，铁马山也由此得名。

那天是王小萌最难忘的一天，他们边爬山边互道衷肠，有时候就停下来向山下看——铁马坪就在不远处，隐隐约约能听到当地的女人骂自家男人的声音，是那样的粗放，而又显得微不足道。黄昏的时候，他们才爬到山顶。然而没想到的是，就在他们返回的路上，遭遇了狼。一头红色的狼，几乎是突然出现在他们眼前的。古格当时正蹲在一块大石头上翻看一本杂志，抬头的时候，就与狼的眼神撞上了。当时他愣了一下，心里还嘀咕了一句：这是谁的狗啊。紧接着，他就听到王小萌发出了一声尖叫：狼……狼……

这下古格才意识到了问题的严峻性。但是他并没有慌，从小在戈壁滩上长大的古格，懂得如何应付这头畜生。他先是护着王小萌向后退了几步，然后蹲下下意识地摸了一块石头，他心里很明白，如果这个时候狼要是冲过来的话，石头是不管用的，那么他宁愿迎上去与狼厮杀一番。狼见古格突然蹲下了，有些迟疑，在原地转起了圈。狼每走一步，似乎显得很吃力。是一头瘸腿狼！古格心里一喜，似乎找到了一丝平衡。他开始从腰间往出抽刀子。刀子本来是备好砍树辟路的，没想到派上了用场。狼终于停了下来，号叫着，在原地刨起了坑。看来要打攻坚战了。古格突然意识到这头狼并不饿，而是突兀的遭遇也让它有点不知所措。把狼埙给我！古格冲王小萌喊道。王小萌来不及细想，将埙抛了过去。不偏不倚，古格稳稳地接住了。接下来发生的一幕却让王小萌吃惊不已。古格悠闲地坐了下来，对着狼吹起了埙。很快，狼也安静了下来，听着埙曲，狼的眼睛里陡然充满了温情泪水。一曲未完，狼踉踉跄跄地跑进了遍布风化岩石的西坡……

从那以后，王小萌记住了那头狼，她没有向古格问狼为什么会逃走。但是她心里明白，那头狼是绝对用情了，或许那本身就是一头恋爱中的狼，它从埙曲中听懂了人间的声音。更重要的是，王小萌明白，那埙曲是古格吹给她听的，是他用埙向狼讲述了他们的爱情故事——一切是凄美的，苍凉的！

古格回到西藏后，王小萌深感寂寞，偌大的一个城市，是那么缺乏生机，她开始讨厌和形形色色的人打交道。整天一个人待在宿舍里，不是听音乐，就是玩埙，反正哪儿都不去。她觉得和这些泥土的声音混在一起，自己也变得踏实了许多。是啊，它们是多么富有灵性！王小萌经常一个人半夜叹息。可是她似乎永远被一些阴晦的东西纠缠着，迫使她不得不在属于这个城市里的各种不同的物体间飘来荡去。王小萌的感觉就像是历经一个人的战役，不让自己闲着，却又无法停歇下来。因此，她想到了逃，是啊，去铁马坪吧。

古格自从那次与王小萌在铁马山遭遇狼后，好几年没有了消息。王小萌每次看到茶楼的墙上的古格，心里便默默地念叨着，为他祝福。渐渐地，她的心里也归于平静了，大家终于可以相安无事了。

现在，不论从哪个角度看，铁马坪已经有了都市的味道，首先值得一提的是，终于有了属于铁马坪自己的公交车，那种据说可以载人的玩意儿，事实上在大城市都是些被列为报废计划中的大卡车，之所以能幸存，也许是漏万挂一吧。是啊，就是这样的车，经当地人改造，一跃成为人见人爱的公交车。公交车一旦跑起来，整个铁马坪的人会雀跃起来，孩子们会跟在车屁股后跑。那种尘土与汽油混合的味道，对他们来说绝对是新奇的、美味的。现在，铁马坪的人们甚至可以坐着它赶铁马市的集市了。

从某种意义上讲，一个地方的都市化够不够浓烈，还与这座城市拥有的烟囱够不够多有很大关系。现在，铁马坪的烟囱多了起来。有水泥厂的烟囱，有石料厂的烟囱，有砖瓦厂的烟囱……这些烟囱一个个足有几百米高，直挺挺地朝天耸立着，像洋枪大炮。除此之外，民用烟囱也呈上升趋势，无论怎么说，铁马坪人始终保持了最原始的土灶作坊，这样的烟囱绝对是有人情味的。除此之外，还有火葬场的烟囱，火葬场的烟囱远离居民区，耸立在铁马山下。

当然了，茶楼酒吧的不断涌现，让铁马坪的都市化更显迷离了。那些有钱人在铁马坪什么样的花样都能玩得出来，这对于王小萌来说是一个绝对的打击。其中就有一种模式叫什么"铁马休闲度假村"，据说投资方是一个被称为古格的人，关于这个人，我们希望不要告诉王小萌——即使是此古格，非彼古格。无论怎么说，这种包罗了铁马坪所有乡间民俗的玩意儿几乎就是一个梧桐落雨茶楼的扩大版。现在，城里人都愿意去那扩大版的地方"扩大"自己了。

梧桐落雨茶楼的生意一天天淡了下去，铁马坪的人看不下去了，开始为王小萌鸣不平了。但他们唯一能做的，就是抱作一团去王小萌的茶楼里消费。一瓶啤酒，一小碟花生米，足以满足他们的复仇心理。那些光棍们明显是带着极大的情绪来的，他们可能刚干完活，腿上的泥土还没有干，一进茶楼便挺起腰板扯起嗓门喊道：一瓶铁马干啤！大约半个钟头后，喝得差不多了，他们才从油渍斑斑的汗衫里摸出一把毛票，往吧台上一扔，一声不吭就转身走人。他们可能不懂得什么叫做支持原创，如果懂的话，那么这种豪爽的劲儿便是对王小萌原创茶楼的最得力支持了。铁马坪的女人们一向将王小萌视作自己的偶像，现在她们也开始三五成群地携带丈夫和孩子来梧桐落雨茶楼了，她们不喝铁马干啤，她们只喝梧桐落雨茶。她们的男人自然乘机要多看王小萌一眼——仅仅是看一眼而已。

对于铁马坪人的"热情"，王小萌心知肚明，她觉得自己在做一件罪恶的事情：铁马坪人永远是铁马坪人，他们永远不会成为城里人，让他们沉湎于酒水，就是滋长他们想要成为城里人的邪恶念头。为了终止这种罪恶的到来，王小萌决定将所有的茶水及酒水涨价。这一举措引起了公愤，铁马坪的人开始围着梧桐落雨茶楼骂王小萌了。不过，他们也就嚷嚷罢了，完了大多选择悻悻地走开。

王小萌的茶楼最终关门停业了。铁马坪的人们再次看到王小萌的时候，王小萌就像换了一个人似的，脸色相当难看，走路也疲疲沓沓，打不起精神来。那只叫"凡·高"的小狗失落地紧跟在主人后面，它不知道发生了什么，对它来说，活着的理由就是永远追随眼前这个偷生的女人。

王小萌经过铁马坪街的时候是一个黄昏，她每迈出一步显得很吃力，铁马坪的人都睁大眼睛看着她，唯恐这个给他们带来新鲜感的女人突然消失在即将来临的暮色中。

王小萌要走向哪里？所有的铁马坪人都在问自己。

此刻，夕阳下的铁马山正散发出它神秘的色彩，王小萌突然停住了脚步，从包里取出谭木匠布袋子，小心翼翼地将狼埙拿了出来，捧在双手里，缓缓地送在嘴唇边，试了试音，那神态异常迷人，就像是一位年轻的母亲轻轻唤醒一个熟睡的婴儿。埙声响彻整个铁马坪，王小萌声泪俱下，她明白，这个世界上再也遭遇不到一头能读懂埙声的狼了。

2008 年　银川唐徕小区

恋恋三季

一

蒋梅有一段时间心里很烦躁，为什么，她自己也说不清。

女人就是这样，尤其是怀孕的女人，永远看不清背面的那个自己。那些烦躁的东西好像藏在屋子的某个角落里，时不时地跑出来烦你一下。

往往这个时候，蒋梅就特别讨厌自己，尤其讨厌那一身的赘肉。把一切怀孕导致的胖剔除后，她发现剩下的胖，才是属于自己的胖。而这个胖，必须得拿掉，刻不容缓。

可是以鸣却对这些显得很不在乎。

胖是我老婆，不胖也是我老婆，你愁什么？

每当听到这样的话，蒋梅悲伤得不行，一悲伤，就噘起小嘴用拳头使劲捶以鸣的胸脯，嘴里嘟囔着怎么办啊，这么胖，怎么办啊！可是谁也不知道蒋梅的心里正滋滋地往外冒甜呢，她知道以鸣并不嫌弃她，以鸣是爱她的。

不过，蒋梅还是下定决心要减肥，她说：我家里的胖是给以鸣看的。可是出了门呢？那我就不属于以鸣一个人的了，我是一个社会人，社会人就得让全社会的人都来看，这么胖，哪个社会人愿意看我呢。这话是蒋梅自己说给自己听的。

是啊，蒋梅想得没错，她应该为自己负责。一个懂得为自己负责的人，才会去负责别人。

有一段时期，蒋梅的确去"原动力"健过身，那里有专门的孕妇健身房。刚开始很新鲜，每天晚上下班后，她准时给以鸣一个电话，老公，我健健去了！只听电话那头一个低沉的声音回道：嗯，我知道了。

自从和以鸣结婚后，蒋梅变得不好好说话起来，时常把健身叫健健。又比如，饭熟了喊以鸣吃饭，她却说：老公，饭饭喽！于是，以鸣一脸坏笑地从书房里钻出来。刚开始以鸣并不习惯，怨蒋梅怎么不好好说话呢，后来也就习惯了，而且还慢慢被蒋梅给带坏了，他不把老婆叫老婆，而叫老婆婆，蒋梅也效仿他，叫他老公公，一来二去，两人乱了套，在家里相互感染。

健身健身，说起来简单，但是做起来很难。

一个星期后，蒋梅喊累死了，坚持不住了。以鸣说那别去了吧，马路上也能健身，平时多走走路得了，还省了办卡的钱。回到家呢，就做做饭，尽量自己洗衣服，用手好好搓，最好搓得胳膊发酸。

当然，洗衣机就别用了，这样也省电。如果你还洗不够，或者你越洗越上瘾了，那就把我十年前穿过的那件灰白呢子大衣洗了吧，洗干净了好送给我爸去穿，给你爸也行，否则你会骂我偏心眼。

噢，对了，尽量拖拖地，咱们家的地板不经脏，手上得使点劲呢，不能像老爷画胡子似的，划拉划拉就算啦。亲爱的，你要记住！给自己家干活，不像在单位，自己家的活干了永远属于自己，可这活要是干给单位了，就属于单位的了，相当于充公了。

说话的时候，以鸣斜着身子躺在沙发上，整个神态看起来相当得意，他呷了一口茶，又继续侃起了他的"拖地经"：你别看这拖地，可有学问呢，地不能只拖一遍。那么到底该拖几遍才算是恰到好处呢……有人说得拖四遍，但是我不这样认为，拖三遍就可以，再说咱家铺的又不是什么金砖银砖的，这和健身是一个道理，三次为一组，这样才有效果嘛。而且我们这两室两厅的大小是固定的，不会因为你拖了四遍而变大了，也不会由于你只拖一遍而变小了。

蒋梅知道以鸣的话匣子一旦打开，就像洪水一样，很难收住了，他可是出了名的"高压锅煮鸭子——肉烂嘴不烂"，讲起歪理来一套连着一套。不相信他吧，又觉得有道理，相信嘛，好像他讲的全是一些为自己不干活而精心编出来的托词。

蒋梅越来越觉得眼前的这个以鸣已经不是以前的那个以鸣了，那时候的以鸣多好啊，体贴、勤快、侃侃而谈，多有学识。

想起刚认识以鸣的情景，蒋梅心头不由掠过一丝甜意。

二

三年前，他们在铁马市相识了。蒋梅是从深圳来的，以鸣是从哈尔滨来的。

与以鸣的探亲不同，蒋梅在铁马市无亲可探，不要说铁马市，整个大西北也没有她的亲戚。她是来旅游的，从小向往塞北大漠，蒋梅此行就是为了看看沙漠。

西部的太阳很干烈也很毒，蒋梅怕晒黑，到达铁马市的第二天，就去附近的超市买防晒霜。同时为了防蚊虫叮咬，还顺便买了一瓶清凉油——她喜欢那种抹在身上凉飕飕的感觉，以及略带微辣的快感，她认为这才是塞上的味道。

然而，就在买完东西返回宾馆的路上，没有任何征兆地，邂逅了以鸣。

当时，她不知道那个人叫以鸣，认识他，先从认识那只大手开始。

就在蒋梅弯腰伸手时，有另一只手抢先一步捡起了被她不小心掉在地上的钱包。她心里一怔，脑子里小小地乱了一下，可是当抬起头看到以鸣那张没有任何恶意的笑脸时，才舒出了一口气。

是个好人！第一个念头闪过脑海，蒋梅赶紧接过钱包，道了声谢谢。

多余的话她不想说，也说不出来。

唯一能做的，就是立刻转身，走人，都有点慌不择路了。

对一个陌路人，还想说啥……可是，我就这样走了吗？回到宾馆，蒋梅心里念叨个不停，这种念叨既有自我开脱的意味，也有怅然若失的悔感。

一连好几天，蒋梅一直觉得那个人站在捡钱包的地方，远远地望着她的背影慢慢地消失在人群中。

本想这样的镜头可能永远会定格在蒋梅的脑海里，可是没过几天，就被切换了。

他们在铁马市去往鸣沙的路上又一次碰面。这次算是"重逢"了，由于"缘分"两字在悄悄发酵，膨胀，所以他们发展得很快。

你好，我叫蒋梅，认识你很高兴。

以鸣笑了笑，很经心地说，蒋梅啊，多好听的名字，梅，梅花……梅花，凌寒独自开哪……

这人真酸！蒋梅心里略有不快，心想，什么好听不好听的，你们男人第一次见女孩子，不都是这样说的吗？实话告诉你，说我"凌寒独自开"的男人多了，不要以为你的开场白多有创意，这招早不灵了。

想是这么想，但蒋梅嘴上说出的，还是感谢。

以鸣说他叫马以鸣，你叫我以鸣得了。铁马市出生，哈尔滨长大，这次来主要是去乡下给舅舅烧七日纸，顺便也去鸣沙玩玩，看看那里的孤烟到底有多直，长河到底有多长……

一路上，以鸣使出全身的贫劲海吹，从天上的云，吹到地上的草，从河边的羊，吹到路边的树。最后，就说到了他手里一本《人的未来》的书。他说，如今，互联网已经遍布全球，在很大程度上成为许多人日常生活、工作的一部分，就拿我来说，没有网络，我会退化到古脊椎动物群体中去，想想哪，那是一个什么样的世界，整天混在那些哺乳的家伙堆里爬来爬去，没有面包，没有牛奶，没有咖啡和啤酒，多难受啊……

蒋梅一直在听音乐。

表面上看，她只是听音乐，其他的什么也听不到，事实上，她将耳麦的音量调得很小。那种小，是介于听到与听不到之间的一种小。可是这样势必会导致音乐的声音与以鸣的声音都在蒋梅的耳朵里厮杀，且激战双方颇具"有你没我，有我没你"的架势。不过，哪种声音最终被 pass 掉，全玩于蒋梅的股掌之间，比如她想让以鸣的声音消失，就把耳麦音量拧大一些，反之，就把耳麦音量拧小。这跟控制水龙头一个道理。

这不，就在蒋梅将耳麦音量拧小的瞬间，"脊椎"二字咣当一声掉进她的耳朵，似乎还触碰到了那些乐器的边缘，本来不想插话，可是天性对人体构件的敏感，让蒋梅不得不彻底关掉耳麦倾听起来。

见蒋梅有了"反应"，以鸣得意起来，他指着蒋梅的耳麦说，这玩意儿少听为好，对人的伤害很大。蒋梅白了他一眼，我听的又不是重金属。以鸣说，嘿，你可别小看抒情歌的噪声问题了，据我所知，那个谁和谁合唱的《今天我要嫁给你啦》，还有谁唱的《千里之外》等歌曲，副歌飘出的分贝量跟火车行驶中的噪声分贝差不多。

嗬，看来你懂得挺多的啊。蒋梅觉得眼前的这个小伙子很好玩。对，只是好玩而已。

你说的副歌是什么意思？

副歌就是除主歌以外的部分。

你这是什么话！

见蒋梅一脸茫然，以鸣进一步解释，这样给你说吧，副歌就是高潮。

"高潮"一词一出，蒋梅的脸唰的一下红了。

看到这样的红，以鸣也不好意思了。他突然想起有一本书里这样解释"红"，大概意思是，红色是向对方传达"为了你，我可以不爱惜自己的身体"的意念。想到这一点，以鸣有点激动，他偷偷看了蒋梅一眼，对方很快又沉浸在音乐中了。以鸣自觉有点没趣。

其实在蒋梅心里，已经翻江倒海了。她赶紧拧大了音乐的"水龙头"，恨不得把身子埋进那些比火车轰鸣声还厉害的噪声里，恨不得把脸上那片怎么也隐不去的红也扯到音乐中来，让一切消失得干干净净。

大约有半个小时的时间，他们在沉默，整个世界都在沉默。

秋后，塞上的风景非常迷人，没有来铁马市之前，蒋梅以为这里很荒凉，甚至有人说当地人骑着骆驼上班呢，可来了以后才发现铁马市有飞机，有火车，也有俊男靓女。尤其是天很蓝，很高，蒋梅心想，用这样的天"望断南飞雁"，一点问题都没有。

车驶往鸣沙，透过车窗，蒋梅看到了大大小小的湖泊星罗棋布，其间夹杂着形状不一的稻田。更远处，亘古的不周山隐隐约约，她似乎嗅到了沙漠的味道……

关于《人的未来》的话题似乎没有说完，以鸣看起来憋得有点不行了。

蒋梅倒是动了恻隐之心，她说，你继续讲吧。

以鸣一下子又活泛起来了，神态很享受。

可是你知道吗，在使用互联网的千千万万人当中，有多少人知道，德日进被喻为互联网的守护神。

蒋梅问，德日进是谁？

以鸣回答，是《人的未来》的作者啊，法国人，在中国待过，把那些北京猿人的头盖骨拨着转圈圈，在放大镜下还清理咱中国古人的汗毛呢，就是那个外国佬……

哇，鸣沙到啦，蒋梅突然一声尖叫。

吓以鸣一跳，他只好打住话题。

三

爱美之心，人皆有之。这是老话了。

但什么是美，总体来说应该有个尺度，谁也不希望自己长成黄豆芽，更不希望变成流氓兔。对于蒋梅亦如此。

女人天生有几分依赖性。拿健身来说吧，蒋梅总希望以鸣陪伴在身边，这样一来，换鞋的时候也好有人帮着解鞋带，冲澡的时候有人递毛巾，渴了，使出去买瓶水，饿了，让他提汉堡来，总之，在蒋梅眼里，这可是伟大的健身啊，你总不能拿健身不当回事吧，不拿健身当回事，等于不拿我的身体当回事，说到底，就是不重视你老婆，不重视你老婆肚子里的娃，归结到一点，就是不爱我。这样的话蒋梅给以鸣一遍又一遍地讲，她还进一步强调，人家的老婆都有人陪，老婆在健身房里健身，老公就乖乖候在会客厅，健身馆会给你水果吃的，给你杂志看的，你可以慢慢等，然后等我练完了，我们再一起回来。可是，我这样的要求简直就是奢望，那里有那么多人的老婆，只有你的老婆孤零零的，一个人来一个人去，哪天被人拐跑了，看你怎么办？

唠叨是女人的撒手锏，但是以鸣并不吃这一套，他总是以单位忙，领导要开会，有饭局等理由搪塞，更要命的是，以鸣总有说不完的歪理讲给蒋梅听。问题是，他讲的那些理，似乎是在瞎诌，可是你又找不出毛病来，

最经典的就是"拖地经"了。

那会他是边品茶边授经，现在呢，是边抽烟边授经。以鸣的烟抽得并不凶，用"偶尔"来形容很恰当，但是他把"偶尔"这块好钢利用得很科学，很刀刃。他的"偶尔"还伴着一连串的优雅动作，比如讲经的时候，他会边讲边"偶尔"在烟盒屁股上轻

轻一弹,弹出一根烟来,然后用中指和食指夹住香烟,缓缓往外抽。他的眼睛死死地盯着"灵魂出窍"的烟棍,好像能看到那缭绕的烟草香味。这个看似很"偶尔"的过程,以鸣却非常懂得去享受它:那烟抽到三分之一处,他会停顿,看一眼蒋梅,这时的蒋梅在厨房里洗碗,在阳台上浇花,抽到三分之二处,他也会停顿,再看一眼蒋梅,这时候的蒋梅在擦电视柜上的尘土,或撅起性感的臀部在使劲拖刚铺上去的仿古砖块……

看到蒋梅正在拖地,以鸣卡住了的慢动作突然变快了,烟很快到了他的嘴里,什么时候点燃的,除了他自己,或许谁也没有看到。只见他猛吸一口,很惬意地将烟圈吐出来。

他说,梅啊,你记住,三天一小拖,七天一大拖,这才是拖地的真理,也是居家之大法,非常符合健身次数的周期性要求。时间长了,你会不知不觉地将健身自然而然地融入其中。如同那和尚练内功,读佛经,不知不觉中内功增长,这对于我们一个普通的家庭来说,实在是一大快事。

以鸣又吸了一口烟,继续说。拖地还有好处,比如可以锻炼你的耐心和毅力。不能半途而废,每次拖三遍,不能偷懒,否则飞起的灰尘就会让你好看。拖地就像拼图,从什么地方开始拖,怎么拖都有讲究,会节省你的体力,也会拖出乐趣。另外,还可以开动脑筋,有效地利用工具。工欲善其事,必先利其器,有了好工具,才会省力,才有乐趣,才可以把平凡的工作变成创造性的乐趣。这样才适合你这样的主妇做!

最后，以鸣带有总结性地说，其实减肥都是其次，更重要的是，拖地还能除去屋子里的灰尘，美化我们的地板，说白了，就是间接地净化了你的心灵，使你的眼睛得到享受，使你的心情随着明亮、干净、整洁的房间而愉悦起来！

蒋梅最看不惯以鸣在嘴上要贫劲，有时候烦了，她就扔下手中的活甩门而出。这门要"甩"得响响的，但这"扔"必须拿捏得当。通常情况下，蒋梅告诫自己，手里有什么就扔什么，如果是拖地，就扔拖把，如果擦桌子，就扔抹布。当然，同样是"扔"，还是要分轻重的，这一点蒋梅在心里掂量得很清楚，比如碗是不能扔的，杯子是不能扔的，鱼缸是不能扔的，花盆也是不能扔的。但为了制造效果，略微碰出点声音也是可以的，蒋梅心想，否则太便宜那小子了。不管怎么样，蒋梅把握住一个原则，那就是什么话也不说。她知道，以鸣那人会蹬鼻子上脸的，如果在语言上试图跟他对抗，只能助长他的气焰，何况自己不是他的对手。蒋梅想到这一点，心里不由冷笑了一声，哼哼，你不是挺能吹的么，那好，我就是要让你的三寸不烂之舌找不到英雄用武的地方。从这个意义上讲，"沉默"会给以鸣制造很大的"孤独感"。这正是蒋梅所希望的。

蒋梅的这招还是挺管用的，虽说夫妻拌嘴实属正常，但经她这么宏观般地一"处理"，使得这个家庭的拌嘴事件被简化为以鸣自己跟自己过不去的单一性行为。蒋梅一旦不理他，这拌嘴就失去了意义。时间一长，以鸣自己也觉索然无味了，战争也就悄然哑火了。

是啊，既然两个人能走到一起，并保持恒定的关系，他们身上还是有"一物降一物"的魅力所在。其实人最大的敌人是自己，蒋梅经常战胜不了自己，像健身半途而废的例子，在她身上经常发生。更要命的是，她管不住她那张嘴，碰到好吃的，不懂得紧急刹车。

要说起来，蒋梅算不上真正的胖，他跟以鸣刚认识时，162公分高的她，体重只有90斤，刚结婚时，抛掉孩子导致的胖，她也就110斤，如果这个重量还能接受的话，那么发展到现在的120斤，可以说已经胖得不像话了。

这样的代价是很大的，整个人身上的肉就像潮水一样汹涌起来了，导致一柜子的衣服统统小了一圈，所以以鸣不得不陪着蒋梅重新上街挑衣服，从上到下，从里到外，来了个大换血。而那些不能穿的旧衣服，在蒋梅看来，都已经彻底死去，她要将它们的尸体捆在一起，运回乡下送给乡下的表妹何霞用。对于这样的举措，以鸣表示了强烈的反对，他说我并不是小气，问题是，过几年你如果又瘦下来了怎么办，这些衣服不就又可以穿回去么。听到这样的话，蒋梅差点没吐出来，她说以鸣你说的是人话吗，你还算是个有学问的人，怎么一点不长脑子呢？你就希望你老婆一件衣服穿一辈子啊，话又说回来，这何霞是你们家的何霞，她到底是跟我亲，还是跟你亲呢！

俗话说，不见兔子不撒鹰，不见鬼子不挂弦。别看蒋梅平时把话哑在心里不说出来，没想到惹急了，句句见刀子，三下五除二，将以鸣"杀"得片甲不留。以鸣招架不住，只是一个劲地点头，行，行，行，你有理，我自私，行了吧。事后，有人问蒋梅你是怎么制服以鸣的，蒋梅说，平常你耍贫倒也无妨，我权且把你的话当娱乐来看待，可是凡事要有一个理儿，我蒋梅就是站在这个理儿上。

此后的日子里，为了很好地减肥，蒋梅经常制订品种不一的减肥计划，她每天早餐一只苹果，一根黄瓜，这只是维系最基本的；午餐嘛吃个半饱就行，在她看来，任何东西掌握在这个"半"之间，就是一种境界；晚餐一杯酸奶就可以了，多了就是负担，而且有可能会转化成脂肪……不过，没持续几天，她又把量加上去了，蒋梅却总说自己没吃多少。以鸣说，不是说你吃得少，而是吃进去的让孩子给抢走了。

蒋梅都有点绝望了，全身没有一丝力气。

见蒋梅来回折腾，以鸣也有点心疼，本想给她推荐一种叫"解脂密码"的减肥药，可是一想到蒋梅肚子里的宝宝，他还是放弃了。

再后来，谁也看不到蒋梅"坚持"的身影了，她完全放弃了自己。

四

蒋梅本来打算要辞职的，觉得那个单位没什么意思。更重要的是，她讨厌那个叫王玉来的人。但这毕竟还是大事，得和以鸣商量商量。

下班回来，蒋梅却发现以鸣不在家。她有点失落。

还好，她的这种失落并不严重，心里只是有略感空洞，好像抽走了什么，轻飘飘的。她一时想不起来以鸣早晨说什么了，于是在茶几上找便条，她想，以鸣肯定留什么言了，那些留言往往被他写在小纸条上，有时候会顺手写在报纸的边边角角上。

以鸣在报社工作，每天下班回来，便从腋下抽出一卷散发着油墨香的报纸来。以鸣喜欢将报纸夹在腋下，觉得这样有文化，然后腾出一只手来抽烟，他的烟大多是朋友送的，或从饭局上收回来的。当然了，什么烟都有，上至黄鹤楼，一条5000元，一根相当于50元。其实以鸣对烟根本一窍不通，可是当有人说黄鹤楼这种烟很多领导都抽时，他就动了心，于是在某次酒桌上乘人不备从一煤老板的烟盒里抽走一根，他给别人的解释是，收藏一根。

当然也有不好的烟，三元、五元最为常见。通常情况下，以鸣将这些低劣的烟装在一个洋气的体面的烟盒里，逢人多的场合就拿出来。他不想把这些烟发给别人，只是拿出来而已，并借机在众人面前虚晃一下那烟盒的商标。

以鸣不是真正意义上的烟鬼，除非遇到关键的时候才抽。

什么情况下才是关键的时候呢？比如夹着报纸走在街上，对面要是过来一个漂亮女孩，以鸣会在三秒之内完成以下动作：掏出烟盒，抽出香烟，然后用中指和食指快速组合成一个标志性的V字，另一只手又飞快地从裤兜里抽出打火机（有时候会掏出火柴，不过，他觉得一根火柴从抽出到划燃，与打火机相比，会平添许多不必要的环节，这样会严重阻碍他动作的连贯性，因此，这种玩意儿一向不被他推崇），只见拇指轻轻一扣，烟就燃了。当然，这期间还伴有一系列潇洒的动作，比如扶眼镜框，甩头发等。

还有一种情况下，他也会抽烟，那就是坐在沙发上"讲经"。当然，要有听众，没有听众他是不抽的，而且这个听众必须是蒋梅。关于这一点，前面已经提过。

以鸣在一家早报上班。

他是东北大学中文系毕业的，初来铁马市时，在一家小企业做秘书，后来换过很多种工作，最终借助一次机会，跳到了早报。

在这个城市里，跟早报形成竞争力的是晚报。晚报以前是晚上出的，可是铁马市人晚上只看电视，不看报纸，后来就改成早上出了。早报是后来才出现的，它的出现似乎就是为了抢晚报的饭碗。不过在很长一段时间内，早报在读者的眼里，就不是什么正规军。可是后来早报策划做得好，办报有理念，很快就超过了晚报，那些最初将晚报认为是正规军的读者，又哗啦一下全过来了，读起了早报。

这样一来，早上读早报，使得早报一夜之间变成了理所当然的正规军了。相反，早上读晚报，感觉怪怪的，甚至很神经。

战胜晚报，以鸣应赏头功。他是编辑部主任兼任策划部部长。虽说这人时常嘚瑟得不行，但才华还是有的。社长就是看中了他的机灵。

以鸣记得很清楚，第一天来早报上班的情景。

本来9点钟可以到岗，以鸣提前一个多小时就到单位了。结果单位楼门还锁着，他只能上街走走，消磨时间。走着走着，就碰到一个小孩在兜售晚报。

晚报，晚报，五毛钱一份晚报，晚报，晚报，五毛钱一份晚报。

这孩子像是假期打零工的，还穿着校服。

以鸣摸了摸口袋，摸出五毛钱来。

虽然平常以鸣也常看晚报，可是这次，他将报纸从头到尾一字不落地看了个遍，包括中缝里"不孕不育"以及类似于"看男科，请到凤凰医院"这样的字眼儿，最后，为了加强巩固，他将这份报纸又过了一遍，然后在心里点了点头，算是心中有数了。

这天他见到社长，第一句就是，我有办法打败晚报。

社长是个慢性子，像他这样的人，不会轻易被点燃的。但是这次被以鸣点燃了。

社长的眼睛里突然放光，那你快说，有什么高见。

以鸣说，晚报我看了，虽说品牌老，但是办报观念太陈旧，内容不丰富，广告量跟不上去。

说到这儿，以鸣有意压缓了语速。社长快速递上一根烟来，以鸣扫了一眼，烟还不赖。

他陡然提高了声音分贝，要打败晚报，就得改变一种思路，那就是……

话没说完，以鸣低头看了一下手里烟——鬼才知道烟是怎么死的。

社长快速递上打火机来。

以鸣深深地吸了一口，继续说，传统意义上的报纸，是坐在家里等广告，经营方式单一，更不懂得多元化发展，所以我建议，早报一方面得提升办报质量，以便吸引广告，另一方面，以报纸为交流平台，开拓多元化的经营路子……

社长抢先一句问道："比如？"

比如，以活动策动广告收入。

社长听得似懂非懂，尤其"策动"这个词，让他很震撼。但是为了显示他已经完全听懂，于是就不住地点头以表肯定，以鸣同志说得对，非常好，你就这么干吧。

就这样，以鸣一进早报，就登上了策划部部长的职位。好多人开始不理解，并背后说闲话。以鸣却不在乎这些。用他的话说，是非永远是是非，就让它随风而去吧。

"就让它随风而去"这句话好像是张雨生歌里的，以鸣好几次都有把它以歌的方式唱出来的冲动，可最终还是压了下去。

对一个方案的实施，以鸣叫操盘。他操的第一个盘，就是搞了个模特大赛，其实就是选秀，但选秀有点俗气。没想到广告一打出，应征报名者"海"了，后来就有好几家大型企业找上门来，主动要求冠名,冠不上名的就请求承办,承办不了的,说协办也行。连协办挂不上名的,说甘愿掏个把万元,只希望记者写的时候,把它们公司的名字在文章里蜻蜓点水一下就行了。

报名人太多。你说海选,一层一层往少里选,就像削苹果那样,这不是耗时耗力又耗财嘛。

于是以鸣决定,通过查看照片先从报名表里滤掉80%的人。剩下的20%再通知面试,刷掉80%的人。如此往返折腾几轮,最终保留10人再来一次"鹿死谁手",剩下八人时,就得在社会上制造一次小高潮,也就是说,就得从大城市请文化名流来担当评委了。

这时候,炒作一定要跟上,就从名流没来铁马市之前开始炒作,以鸣给记者强调,一定要抓细节啊抓细节,比如某个名流假发换了,牙套更新了,脸上长出了个痘痘什么的。最好制造点绯闻,比如,已经进入前八的某某某,与某名流已经在北京或上海或随便什么地方私约了,有人看见他们双双出入于某公共场合,看似亲密,却又让人猜不透的那种玄机。

最后,以鸣进一步强调,记住啊,要注意扩大,引申和联想,这是做记者必备的素质。

"扩大、引申、联想……"记者一声不响地将这六个字大大地写在了早报的采访本上。

一切进展得非常顺利,八进七、七进六、六进五、五进四、四进三……以鸣知道,这个时候,越慢越好。最后,慢得不能再慢了，冠亚季三强就脱颖而出了。于是全城一片欢呼，在早报的大肆渲染下，本次活动上升到了历史的高度，记者写稿子的时候，明显感觉到像"里程碑"这样的词儿已经很空洞了。

总之，这次活动净收入达 500 万元以上，由于以鸣指挥记者战斗有方，社长破例，允许以鸣"脚踩两只船"，再挑上编辑部主任一职，当然薪水也双倍。

一时，以鸣成了报业的名人。晚报曾派人暗地里与他接洽，想挖他过去。面对诱惑，以鸣把持住了自己。他认为，什么可以丢，报人的尊严不能丢，尤其作为一个有文化的报人。

在以鸣看来，报人的文化就体现在报纸上。所以他寸步不离报纸，并以此来炫耀自己。

五

蒋梅终于在当日的早报上找到了以鸣的留言：我出差了，你注意照顾自己。字写得歪歪扭扭的，挤在头版头条大标题的空隙里。以鸣一向这样，去哪都是风一阵雨一阵的，往往是十天半月后，突然推开家门出现在屋里，好像他从来没有消失过一样。

蒋梅一个的时候，也懒得吃东西。厨房有好几天没进去了，落上了一层灰。

她下意识地看了看窗外，沙尘暴似乎又要来了。她赶紧关上了窗户。心情还是好不起来。

她顺手拿起一本书，翻开一看，是一本诗集。从扉页的签名来看，好像是送给以鸣的。字体用黑色的中性笔写就，整体看来，有点潦草，感觉想飞，却又飞不起来，最后落款是大草。这年头诗人很多，大草是谁，蒋梅哪能知道。

放下诗集，蒋梅在想什么，却什么也没想，整个人像一团棉花。

她似乎闻到了香草可乐的味道。几盆绿色植物闲散地摆放在阳台上。

这几日鸭掌木不知怎么了，开始大量落叶，长出的新叶子也打起了蔫，一副很不情愿的样子。不过倒是那盆令剑皮实，不怎么浇水，活得很旺。蒋梅查阅过资料，发现令剑还有一个名字叫虎皮兰，从颜色看，那绿里透白的斑点，还真与老虎有点相像。

其实蒋梅并不是十足的护花者，确切地说，她不喜欢摆弄这些花花草草。之前装修房子时，以鸣说多弄点花，为的就是净化净化空气。

与那些真花相比，蒋梅更喜欢画在客厅墙上的假花。花是她蘸着丙烯颜料一笔一笔仔仔细细地画出来的，凝聚了她的智慧和劳动。

不过最初，以鸣对蒋梅画的花提出了异议，他说，你画的花为什么没有叶子啊。

蒋梅说，我画的花就是没有叶子。

没有叶子怎么呼吸啊。

蒋梅回答，用花瓣呼吸。

以鸣沉默。

见以鸣不言语，蒋梅又补了一句，花就是花，要叶子干什么。

以鸣哦了一声，再也没有追问。

虽然蒋梅的花没有叶子，枝干却很繁盛。从缠来绕去的走势看，有点像藤。那藤爬满了电视背景墙，而且还沿着天花板的边缘朝餐厅爬去。

客厅另外一面墙上，挂了三幅蒋梅的炭铅速写画。从左到右都是交通工具，分别是黄包车，摩托车，飞机，颇有步步腾飞的味道。

虽说是速写，但完成这三幅作品，蒋梅也是煞费苦心。

首先，那炭铅是她自制的。本来可以去文具店买的，但为了在画中追求乡野味儿，蒋梅跑到林子里捡了一根细树枝，点了堆火，把树枝烧成黑炭，然后她拿着这样的笔完成了那三幅画。

每次家里来客人，总会问起这三幅画怎么画得那么好啊，是拿什么东西画的，可每次不等蒋梅开口，以鸣抢过话题，说是用树枝画的。客人百思不得其解，正如以鸣所希望的那样，他们都很愕然。这个时候，蒋梅只好站出来打圆场，说树枝当然不能画画——树枝只能在沙地上画，要想在纸上画，那就得把它烧成黑炭哩。

这三幅画蒋梅并没有画在纸上，她认为纸这种东西易烂，不好清理，没有历史感，不牢靠，所以她选择在油画布上画。同时为了防止被无情的岁月侵蚀，她在画好的画上还刷了一层清漆，算是加了一层保险。

蒋梅是个细致的女人，她的细致还体现在对灯具的选择上。装修房子时，她给以鸣提议，灯一定要选漂亮的。为了实现这个理想，他们几乎逛遍了铁马市大大小小的灯具店，最后在一家不起眼的小店里选了一套。客厅和餐厅是公共区域，蒋梅选用的是水晶灯，造型比较简约、时尚。更让蒋梅爱怜的是，水晶灯发出的"光"很清澈，很干净，也很冷傲，不像荧光灯、节能灯，略有杂质，白炽灯就更别提了，简直就是浑浊。主卧的灯要选得暖一些，红色最好，而且得与窗帘搭配，造型嘛，也不能太呆板，所以蒋梅选了一个圆形鸟巢状的异型灯。书房的灯少不了文化气息，因此，那盏黑柄白罩且富有复古韵味的灯最合蒋梅心意了。

整体上来说，家里的每一个细节都是蒋梅精心设计的，包括布艺的搭配，以及桌椅的摆放，甚至对光源的引导等。为了说明问题，蒋梅打了个比方，说阳光在窗户外面，那是公众的阳光，但是只要透过我家那层玻璃后，这阳光就是我蒋梅家的了，我就有权利处理与应用了。她最擅长的处理方式是充分利用碎片或任何反光体，比如镜子，将阳光引到任何一个昏暗的角落来。

对蒋梅来说，时常瞅瞅摸摸那些亲手添置的家什，就是一种享受，一种幸福。不过有时候会平添一丝幽怨来。

又出差了。蒋梅心里嘀咕了一声。

这几日为了彻底摆脱王玉来的纠缠，她把能编的理由都编了，可董事长还是不放人。

董事长对她说，蒋梅啊，你一定要走吗？

蒋梅说，是的，董事长，我一定要走。

董事长说，为什么？

蒋梅不吱声。可她在心里却说，老爷子啊老爷子，你问我为什么，这让我怎么回答你呢，难道我能说你儿子流氓我不成。

董事长名叫王永烈，60岁，一生恪守"宁为玉碎，不为瓦全"的信念。光听这名字，就知道曾是一个浴血奋战的人，上朝鲜前线打过仗，后来只身一人留在东南亚做珠宝玉石生意，发了，衣锦还乡开了个影视传媒公司，旗下还有个杂志社，蒋梅就是他旗下的人。前面提到的那个王玉来，是经理，王永烈的三公子。据说老头子是为了纪念一个女人才给儿子起了这么一个名字。到底是什么女人，谁也说不清，反正这个女人的名字中肯定有一个玉字。还有人说，王永烈长期从事珠宝经营，对玉有感情，因此在儿子的名字里镶块"玉"，也算是起到睹物思人的功效。

王永烈见蒋梅不说话，就耍起了石头。那两颗石头像两只鸡蛋，在他的手里滚来滚去，发出刷刷的声响。

蒋梅知道，如果自己真走了，公司想再聘一个她这样的美术编辑，恐怕不容易。这一点老爷子心里很明白，所以他执意挽留，也是情理之中。

我怀孕了。我要回家生孩子。

说这话的时候，蒋梅下意识地将小腹向前鼓了鼓，以示怀孩子的真实性。

蒋梅决心搬出"下一代"来替自己开脱。心想，再怎么着，你60岁的老头子总不能跟一个孕妇过不去吧，跟一个孕妇过不去，就等于跟我那未出世的孩子过不去。

王永烈突然停止了耍石头。

哦，那恭喜你！不过……这不怎么影响你正常工作吧。

蒋梅心里有点不痛快，这老头子，太不通人性了，像我这样整天笼罩在电脑密集的辐射下，孩子万一生出来没屁眼儿谁负责啊。

董事长，那对孩子不好。

哦……王永烈欲言又止。

那你先回去吧。

蒋梅转身出了董事长办公室。

一股风吹来，她看见王玉来站在对面，冲她笑。

六

以鸣到了呼伦贝尔才发来短信，说我在呼伦贝尔的大草原上，然后就没了下文。蒋梅很想问以鸣你去草原干什么，那里的草长得美不美，噢，你去大兴安岭的原始森林里了没有，看到根河的小木屋吗……可是她把编好的短信，匆匆忙忙地存进了草稿箱。门铃响了，蒋梅看了一下墙上的闹钟，都快11点了，这么晚了会是谁呢？

她小心翼翼地拉开门，一个人连挤带撞地进来了，她吓了一跳，仔细一看是何霞。

嫂子，救救我……何霞上气不接下气，看来她是一路跑来的。

蒋梅意识到情况不妙，问怎么回事？何霞说他要杀我。蒋梅的脑子里轰的一声炸了，她知道何霞说的他就是邵小平。

何霞是以鸣的表妹，也就是以鸣舅舅何长生的女儿。蒋梅记得很清楚，几年前跟以鸣找对象那会儿，何霞还不到 20 岁。第一次见她是在西固的乡下，由于长生刚去世不久，何霞和妈妈都很悲伤，整天抱着长生的黑白照片哭个不停。可怕的是，妈妈有时候哭着哭着会狂抓炕上的单子，嘴里一个劲地骂长生，说长生啊长生，你咋就这么走了呢。何霞作为一个女娃娃家，对生死离别理解得比较浅，她的情绪只能随着妈妈起伏，妈妈抓单子，她也抓单子，妈妈骂长生，她也骂长生……造孽啊造孽，家里本来很穷，再加上唯一的顶梁柱就这样突然被抽离而去，使得这个原本就举步维艰的家庭如何撑得下去呢？蒋梅实在看不下去，心里也骂了起来，她在骂谁呢？长生？还是那个害死长生的人？连她也不知道！

虽说何霞家里穷，但何霞本人却在方圆十里八村很吃香，因为何霞是出了名的美姑娘。长生在世时，就有人家不断上门提亲。那时候何霞未满 18 岁，这正是一个什么都懂，什么又都不懂的好年龄。只要家里来人了，长生会撇撇嘴说，霞儿，去你爷爷家拿茶罐去，何霞就一蹦一跳地哼着歌子走了。那时候，村里流行

《两只蝴蝶》，何霞就唱《两只蝴蝶》。

何霞曾经私下告诉过蒋梅，说梅姐，娶你的人多吗？蒋梅说不多，就你表哥以鸣一个人。何霞当时显得很自豪，她说才一个啊！蒋梅说是啊，那你呢？何霞掰着指头数了数，说有8个……不对，加上下洼村的张蛋子有10个了吧。看她天真的样子，蒋梅心里觉得很可笑，但她还是没有笑出声来。她故意问那你有没有看上的呢？何霞说，我爹说这些人不实诚，嫁过去不牢靠。蒋梅说，这么说到底是你爹看不上，还是你看不上呢？何霞有点为难了，她说我也不知道，反正我爹说我们这些庄稼人泥腿子，靠天吃饭指望不了的，说让我长大了到城里去找个人家，那里的人钱多。蒋梅一时无语。

后来，有那么好几年，蒋梅没见过何霞，听说她的确进城了。起先在饭馆里端盘子，初来乍到，何霞只能端盘子了，虽说她在乡下是大家公认的美人，可是到了城里，何霞发现比她美的姑娘太多了。但时间长了，何霞发现城里人的美大多是一种修饰后的美，她们的缺点全隐藏在高档化妆品下面。而何霞的美却是天然的，纯绿色的，无污染的，原生态的美，有一句古话怎么形容荷花着呢？噢，对了，"出水芙蓉"，何霞就是这种效果。

在城里混油了，何霞就渐渐把自己当城里人了，她有点看不起端盘子了。她把这样的活介绍给刚从乡下来的妹子们，而自己做起了领班，她认为领班就是白领，离城里人不远了。于是，她每天穿着领班的衣服，时不时地在镜子面前走来走去，对着镜子里的那个何霞，她不止一次地发出了感叹，我再也不穿那脏不拉叽油稀稀的员工服了，爹啊娘啊，我一定会替你们实现愿望的……

再后来，就突然没了何霞的消息。蒋梅曾催促以鸣去那个酒店看看去，她说，那是你亲表妹，你得关心啊，眼看他爹死了，她妈又一个人在乡下苦苦地熬日子，这娘俩的全部希望都押在何霞一个人的身上，你这个城里的亲人，你不关心谁关心啊？以鸣努努嘴，"嗯哪"了一声，说明天就去看。可是到了明天，以鸣又将这事给忘了。见使不动以鸣，蒋梅说你不去我去，真是的，一个大男人，一点人性都没有。

第二天，蒋梅去了豪廷大酒店，结果没找到何霞。她问一位前台的姑娘，这姑娘说何领班早就不干了，蒋梅问为什么不干了，这姑娘只捂着嘴笑，不肯作答，还是旁边另外一位姑娘嘴长，说何霞跟一个男人走了。蒋梅一时愣在了那儿，半天没回过神来。她嘴里嘀咕了一句连她都没听见的话：噢，走了，跟一个男人，好啊……

她回到家把这事说给了以鸣听，以鸣说好啊，跟一个男人走了很正常，如果跟了一个女人才不正常呢。以鸣还装模作样地劝蒋梅，你不用担心，她都那么大的人了，还用我们操心啊，再说了，她迟早要嫁人的，迟嫁不如早嫁，早嫁不如现在就嫁，难道不是吗？

蒋梅"哦"了一声，满脸怅然，不知道说什么好，心里悬悬的。

没想到过了不久，蒋梅在街头碰见了何霞。

何霞胳膊挽着一个男人。那男人个头很高，身体很壮，远远地看，瘦小的何霞好像挂在这个男人的半腰间。刚开始，蒋梅没有看见何霞，她之所以看见何霞，是因为何霞偏偏从她眼前走过。何霞从她眼前走过时，蒋梅差点没认出来。

哎呀呀……哎呀呀，这是何霞吗？

蒋梅的舌头都咋出来了，她记得以前何霞的头发乌黑乌黑的，而且一根就是一根，顺顺溜溜亮亮锃锃地搭在肩头，可现在呢，麻花似的拧在一起，远看，跟鸡窝无二，而且颜色变成了酒红色，显得那么扎眼。何霞的眼睛本来就大，现在涂上了黑眼影，变得更大了，给人造成一种很深很深的错觉，觉得她那两眼黑洞，能把整个地球吸附进去。

蒋梅以前听一个算卦的人说，女人的唇以厚红为佳，上下对称为美，但算卦的人又说了，女人的唇又不可太厚，太厚则反而贱——她每天按这个标准在镜子里照，可一直对自己不满意，时间长了，倒成习惯了，出门在外，动不动观察陌生人的唇，可还是没有令她满意的，有时候瞄上了一个唇，可一闪，又有一个更美的唇过来了，一对比，发现两个唇都欠点火候……然而自从第一次见到何霞后，蒋梅就被这位乡下妹子的唇深深地折服了，按照算卦的人说的标准，何霞的唇不薄不厚，恰到好处，而且有棱角，不紧缩，可是时隔数年，眼前的何霞多了几份妖艳，却少了几许清纯，她的唇被勾成了鬼魅的蓝色，而且当初的厚也没有了，替而代之的是薄小、收缩、缺陷、尖撮不起……蒋梅看着何霞，内心倒是犹豫了起来！

哟，这不是嫂子么！

她本来想躲起来，可还是被何霞看见了。

她只能迎上去，很关切的样子，霞霞也在这儿啊，前段时间我还去找你了呢。

哟，嫂子说那个豪廷大酒店吧？那破地方我早就不干了。

何霞边说边往自己怀里拉了拉那个男人，过来呀，让嫂子也认识认识你。

那个男人梗着脖子，极不情愿的样子，哦，嫂子，你好……后面的话就嘟嘟囔囔地听不见了，似乎在小声骂着何霞。

蒋梅露出强作的欢颜和强作的惊讶，何霞啊，他是谁呀？她虽是这么问，但心里已经看出了八九。

何霞说，邵小平，我男朋友啦。何霞把那个啦字的尾音拖得特别长，边说着，又把那个男人往怀里拉了一下。

哦，是吗？结婚了吧。

何霞说，快了，最近我们正在收拾新房子。

蒋梅又"哦"了一声，不知道接下来还要问什么。一时间，她自己倒觉得十分尴尬。

何霞似乎要问什么，却被邵小平催促得不行，她转过身，丢下一句，我哥他还好吧，然后两个人就被吞进了人群。

蒋梅呆呆地站在原地。

阳光直直地打下来，她感觉脸上火辣辣的，好像刚刚被人掴了一个耳光。

七

见何霞神色未定，蒋梅接了一杯水端上来。

这水是白开水，蒋梅平常最喜欢喝这样的水。也许有人会问，开水一杯，一杯开水，有啥可"喜欢"的？蒋梅告诉你，白开水就是"复活神水"，人家外国人也是这么说的，尤其当温度控制在 25℃~ 30℃之间时，喝下去什么奇迹都会发生的。蒋梅一向对这样的水心怀敬意。她对何霞说，喝喝吧，消消气，我以前跟你姐夫闹别扭了就喝这个。

何霞喝了一口。蒋梅说再喝一口吧，何霞又喝了一口。

蒋梅看到，被她喝到嘴里的水很不情愿，经过喉咙时还打起了怨结。

她似乎喝得很艰难。蒋梅又劝了两口。

然而第五口，何霞就自动喝了。她似乎越喝越爱喝，越喝越享受了。终于，一大杯白开水喝完后，何霞开口了，其实也没什么，我和他吵架了，他骂我婊子，我就踢了他的裤裆，他就说要杀了我，我害怕，就跑了出来。

原来是这样啊！蒋梅长出了一口气。她这才仔仔细细地观察起了何霞。

何霞变了，既没有了乡下妹子的纯味，也没有了都市女郎的洋气，她变得不是真正意义上的何霞了，现在的这个何霞自私，虚伪，而且把日子不当日子过了。

我这辈子嫁给邵小平是最大的失误，奶奶的，什么玩意儿，结婚前许诺我的，一样也没有兑现。

何霞撇着腿靠在沙发背上，要坐相没坐相，整个人松松垮垮的，像一只立不起来的烂口袋。她也不看蒋梅一眼，眼睛一个劲儿地盯着地板，好像要把那里盯出个洞来才算解恨似的。

一时间，蒋梅也不知道该说什么好，整个屋子里，就何霞一个人在唠唠叨叨地骂个不停，大概意思是邵小平是个骗子，是个流氓，是个花心大萝卜，是个天打五雷轰出门被车撞死了无人收尸的世纪大恶人……她越骂越来劲，其间还夹杂着各种侮辱邵小平的动作，从审美角度讲，谈不上手舞足蹈，准确地说，是指手画脚。其实考察一个人恨另一个人恨到哪种程度，光是看那唾沫星子就足够了，但这还是分层次和境界的：只会"乱溅"算不了什么，只能说明你的口腔爆发力强，另外，溅出来的"星子"不能太纯，灯光下一闪，什么也没有了，表明不了仇恨的刻骨与铭心，更重要的是，那"星子"喷出来要浑要浊要有黏性，所以得带点痰啊什么的，然而何霞的唾沫星子就是这样的，可见她恨邵小平是恨到家了。

看着这个懒儿咣当的女人，蒋梅的心里直发潮。

她劝何霞，再喝口水吧。

除此之外，她不知道该怎么安慰这个比自己更可怜的女人。她甚至觉得单独面对这个女人显得极为尴尬，这种尴尬与街上碰到何霞时的那种尴尬是不一样，更多的，是同情，以及同情之后的束手无策。

也不知什么时候，何霞睡着了。可能是累了。

是啊，睡着了，但依然保持着松松垮垮的坐相。蒋梅走过去，把何霞扶正到沙发上，然后给盖上毛巾被。晚上的夜，有点清凉。

就在她转身离开的时候，看见一颗很大很大的泪珠从何霞的眼角滚落了出来。

蒋梅心里一阵难过。

时钟指向午夜十二点，寂静的万物正一点点陷入无尽的漆黑。

霞光穿透晨雾，细碎的鸟鸣撒在林子深处，新的一天开始了。

蒋梅睁开眼，盯了一会儿天花板，突然想起何霞来。她赶紧下床，跑到客厅一看，沙发上空空的，不见了何霞踪影。茶几上有一张纸条，上面写着，嫂子，我去乡下给我爸上坟了，顺便看看我妈，她身体不好……

今天是周末。一早以鸣从草原深处发来短信，说过几天就回来了，本想是要给舅舅上坟的，看来也上不了了，以鸣还说回来了我和你一起去看看爸妈吧。蒋梅问，看哪个爸妈，以鸣没有回。

有些女孩子，一有空就疯跑，一会儿看电影，一会儿逛街，要么就没完没了地赴约，尤其那些结了婚的女人，巴不得老公出差后会个旧情人什么的。这一切，蒋梅都不感兴趣，她想，女人这辈子就为一个男人活着，而我蒋梅就为以鸣活着，如果有一天他不爱我了，我宁愿选择从这个世界上消失。事实上，蒋梅在我们看来，的确是个很务实的人，家，杂志社，两点一线，似乎很单调，可在她看来，情趣无限。有时候她还去逛逛书店，把自己埋进最新畅销的那些书里，光是闻闻浓浓的墨香味，就已经够陶醉人的了。

以鸣的短信让蒋梅默然许久的心里略感温馨，她想一个人出去走走。

蒋梅边走边回顾这段时间以来的点点滴滴。是啊，自从肚子里的孩子没了以后，这以鸣像是变了一个人似的，回到家躺在沙发只顾闷头抽烟，把蒋梅这么一个大活人完全当作空气。这在蒋梅看来，是以鸣以不言不语的方式来惩罚她，甚至向她施加压力，并以此来显示他在这个家里的权威。对此，蒋梅的策略是，也以沉默来抵抗，心想我这孩子没了，你当爹的就没责任吗？在减肥问题上，你不阻拦我，反而还纵容我，甚至还让我给你拖地！

想到这里，蒋梅苦笑了一声，想，但愿这个短信是以鸣"回归"的信号。

到了六月，铁马市的沙尘天气基本上告一段落了，上天归还给人们一个澄明、安逸的新铁马市。街上似乎并没有多大变化，横一条巷子，一看，全是人，再竖过来一条巷子，一看，还是人，十年前是这样，十年后的今天还是这样，各种花花绿绿的销售牌子充斥着人们的视野，高高低低的叫卖声让每一双耳朵不得片刻的安静……蒋梅快速走过最繁华的步行街，似乎在规避着一个不堪忍受的世界。

彼岸是蒋梅经常光顾的地方，坐落在一个不起眼的转角里。蒋梅每次经过那里，会撞上那里浓浓的咖啡味。

第一次去还是跟以鸣刚认识不久。

记得那次从鸣沙回来，以鸣说带她去一个地方。蒋梅说什么地方这么神秘啊，以鸣说彼岸。蒋梅一听，就乐了，温软的心床不由一阵滋润。

是啊，一"彼"一"岸"，多简单的两个字，经以鸣那性感的嘴唇轻轻一碰，蹦出来，却显得那么有生命力，且魅惑十足。

那一定是个文人墨客云集的地方吧，蒋梅禁不住问以鸣，我可不是什么文人啊。

可你也是画家啊，以鸣说，好多有名的画家、诗人经常在那里卖弄才华。虽说蒋梅并不喜欢卖弄这个词，但就冲那感性十足的酒楼名字，她已经有点说服不了自己了，不由得，脚步也紧随上了以鸣。

一阵风吹来，秋天的叶子哗哗地翻转着，像一群群鲜活的鱼，穿梭在街市里。

我可不是什么画家啊，蒋梅在风里大喊着。可以鸣什么也听不见，他只顾拉着蒋梅的手奔跑……

眼前的彼岸没什么变化，那种越老越浓香的味儿，依然被蒋梅逮个正着。她欣然地走了进去，服务人员迎上来，她习惯地点点头，微笑一下，径直朝二楼走去。

木质结构的彼岸，发出清脆的噔噔声。一种悠远的感觉，自上而下缓缓袭来。

到了二楼，蒋梅扫视一下，她终于找见了当初和以鸣坐过的那个雅座：一束玫瑰静静地开着，似乎跟几年前的情景一模一样，谁也没有动过，包括那些只有蒋梅才能嗅出来的灰尘味，依然混合着以鸣的烟叶气息。

来这里，就是喝越南咖啡。

以前的人消费的时候，喜欢被人伺候的感觉，你只管点好菜品，服务员会将茶、碟子、碗、毛巾什么的，一个也不落地给你递来，而且还替你围好护巾。现在不同了，钱花了，还得自己动手去做，去端，就差刷锅刷碗了，用时尚的说法就是DIY，据说这种方式是从外国人那里学来的，比如喝这越南的咖啡，就得DIY。

越南咖啡的喝法不是用咖啡壶煮，而是一种特殊的滴滤咖啡杯，下面用样式古老的印花玻璃杯接着，一滴一滴地，用以鸣的说法是，这种曼妙时光就是这样消磨的。

蒋梅还记得以鸣第一次教她DIY越南咖啡的情景，以鸣说，这玻璃杯杯口要架上滴漏杯，然后在滴漏里面放咖啡粉，压上一片有洞孔的金属片，再用热水冲泡，让咖啡滴滴答答地滴到杯子内。以鸣讲解的时候，神态很骄傲，像战神一样，蒋梅很迷恋他的这种骄傲。

本来有些话是一口气能说完的，而以鸣却故意把这样的话从中间折断，用"不过"一词作为转折，更加挑起了蒋梅的兴趣。

不过，以鸣说，如果要讲究一点的话，做热咖啡时把杯子架在一个加满开水的大碗里保温，因为滴完一杯咖啡可能要用十分钟，热咖啡会变成凉咖啡，这样是不是就不好了呢？

是啊，凉咖啡肯定不好喝了，蒋梅以百分百的深情望着以鸣，眼睛里放着光彩。

见蒋梅崇拜成这样，以鸣得意了，他停下了DIY的动作，悠然地点燃了一支烟。这烟不是我们普通中国人抽的香味，而是像指头那么粗的大雪茄。以鸣陶醉地深吸了一口，随之打了一个很响的嗝，不用说，蒋梅也同样迷恋这个嗝。

蒋梅你知道不，以鸣说，在彼岸就得抽这玩意儿，这样才显绅士，显古巴。一时间，蒋梅的情绪有点激动，她恨不得扑上去，从内心伸出千万双手去拥抱以鸣。当然了，这种激动在别人眼里是看不出来的，只是微微地，在蒋梅心里动荡着，不安着。

如果，我说是如果啊，以鸣又一本正经起来，你要是喜欢在杯子底下加一层很甜很甜的炼乳，等咖啡都滴到杯子里，再把黑咖啡和白炼乳混合起来喝，甜得要命。

你想试试吗？

蒋梅说好啊好啊。从她雀跃的样子看，简直就是迫不及待，甚至就是不要命……

下午的时光就是这样被消磨的。蒋梅现在坐在那个老位置上，边品咖啡，边望着落地窗玻璃外的风景。三三两两的人，懒懒散散地走着，或是情侣，你推我揉，打情骂俏，在蒋梅眼里，都是可以理解的。突然，蒋梅想起了越南影片《恋恋三季》中的情景：木棉树像发怒一样开着大红花，整条街道都被染红了，短发的年轻越南女子身穿白丝绸的"袄仔"站在街心，抬头痴望着树上的木棉花……眼前的情景跟影片中的颇有几分相似，只是主人换了，季节换了。是啊，人间春夏秋冬四季交替，而电影的"三季"缺的是哪一季呢？蒋梅不由得悲叹起自己的人生来，尤其想想以鸣的样子，她觉得自己的生活里就是缺一季，缺那个最温暖最需要爱与阳光的一季。

八

说起这部电影，已经是十年前的事了，那时候蒋梅还在广东一家美术学院就读，由于绘画的基本要求，除了对骨骼、肌肉块以及人体的其他构件敏感外，蒋梅对色彩也很敏感，最初，她就是被《恋恋三季》那热烈奔放的宣传海报给吸引住了。

但是不管怎么说，蒋梅是有底线的。那时候大学校园里已经时兴谈对象了，可唯独蒋梅不谈。蒋梅不谈自有她的想法，她认为爱情那玩意儿都是风花雪月。这样的观点引来了同学的一致反驳，有人问她，蒋梅蒋梅，你又没谈过对象，知道风花雪月的滋味吗？蒋梅说，我是没谈过，可我用我的精神谈过，那滋味不好受，一个字：苦。宿舍里的同学都笑了，说蒋梅啊，你太乌托邦了吧，精神恋爱，这跟单相思有什么区别啊！

是的，大学期间蒋梅害过单相思这种病。这样的小秘密被蒋梅很好地保护起来，谁也没有发现。

从进校园那刻起，蒋梅被一个小师哥吸引了，感觉他就像是一片干净的阳光，随风飘荡在校园的马路上，球场上，图书馆的角落里。有时候，蒋梅走着走着几乎要撞上了他，但都被她机巧地躲开了。等他过去了，蒋梅才转过头来，从他的背影里欣赏他，用温情的眼光去描摹他。四年大学期间，蒋梅几乎天天如此，她不像其他女孩子，不懂得通过玩心机而引起对方关注，没有。蒋梅认为在对方不知情的情况下，这样做是不道德的，她告诉自己：这不是真正的爱情。

一晃眼，那样的感觉很快就消失了，如同寡淡之水，好像从来没有存在过。

毕业后，蒋梅在深圳一家广告公司工作，虽然跟自己理想中的事业还有差距，但一个月将近一万元的收入，还是很不错的。结果一年下来，蒋梅已经积攒了一笔不大不小的钱。

有一次，蒋梅去参观一个西部画展。苍凉、浑厚、质朴的西部风景深深地吸引了她，于是她决定辞职，去一趟塞上古城铁马市，好好地释放一下自己。

一下飞机，蒋梅感觉时光正在逆流。铁马市这座城市，什么都是慢的，人们慢慢地行走，汽车慢慢地奔跑，就连花花草草也与这个城市步伐一致，慢慢地生长。

然而就是这样的缓慢之中，蒋梅在去买防晒霜的时候，邂逅了以鸣。于是便有了那次美妙的鸣沙之旅。

自打从鸣沙归来，去过一次彼岸之后，蒋梅越来越迷恋那里的感觉了。到底是什么感觉呢，谁也说不清。总之，蒋梅和以鸣经常去那里，两个人面对面，时不时地推盏一下日月。久而久之，就对上了眼，放起了电。事实上，他们很早就对上了，可在当初"对上"的那一刻，条件不成熟，环境不允许，准备不充分，是属于真正意义上的浅层次的"对上"。但现在不同了，有了一次别有风味的鸣沙之旅后，情况大变了，两个人之间有了渗透，就连彼岸的那个角落似乎为他们的"对上"而存在，尤其那完全遮掩的屏风和彻底开放的落地窗，也是有意为他们的"半推半就"而存在。

这天以鸣照旧给蒋梅煮好了越南咖啡，然后学着电影里的样子，双手托着腮帮子，死死地盯着蒋梅看。那样子实在很嫩，很傻，可对于恋爱中的人来说，这一招恰恰是致命的。蒋梅的脸唰的一下红了。以鸣自然不会放过蒋梅红脸的机会，他赶紧拿起随身携带的相机，咔嚓咔嚓，来个三连拍。因为在以鸣看来，现在会红脸的女孩子太少太少了，甚至比非物质还要非物质，因此蒋梅的红脸，就显得意义非凡，而以鸣能够迅速从托腮帮子的神态中抽离出来，以迅雷不及掩耳之势，抓拍一通，也蛮有"抢救羞涩文化"的味道。

很快，蒋梅脸上的红就消散了，似乎散进了越南咖啡里。她手里端着一只咖啡杯，翻来覆去地看，眼睑微微下垂，样子很羞涩。

只见杯上有一位越南女，头戴越南帽，下巴上围着一块土布手帕，加上一身过了时的白色礼裙，活脱脱的一位山寨版"超级女声"。蒋梅感觉这人很面熟，想着想着，就想起来了，这不是电影《红河》中的张静初么，那个智障女生阿桃啊。

以鸣见蒋梅一声不吭，觉得机会来了，这种外表的宁静，就是一种无以言说的前奏。于是，他希望接一下来的节奏和气息会有所变化，他情不自禁地伸出了手，像一个伟大的指挥家，在阳光下高高一挥，手腕不自觉地向下一抖，手指聚拢在一起，像一把小巧温和的钳子，在空气中稳稳地钳住了蒋梅嫩嫩的鼻子。

蒋梅似乎早有准备，却并不惊慌，嘴里发出一种含糊不清且撒着娇的声音。这都是以鸣预料之中的情景，他知道对面的这个女孩子已经十有八九了是他的了。

虽说只是一个轻微的举动，可在蒋梅眼里，绝不亚于切肤之爱。从小到大，几乎没有一个异性这样"接近"她。记得小时候不听话时，只有哥哥会笑嘻嘻地用他的大手刮她的耳朵，蒋梅脾气好，耳根软，刮下去就跟没刮一下，一点儿也不觉得疼。后来，哥哥出车祸死了，再也没有人刮蒋梅的耳朵了。

蒋梅从以鸣的手指上嗅到了那种久违了的温馨。淡淡的，带着弱不禁风的暖。她相信总有一天自己会顺着以鸣那只大手，慢慢地，滑入一个陌生而又熟悉的世界。

很快，蒋梅就与以鸣好上了。在外人看来，好的标志就是两个人手挽着手，在街上正大光明地走，时不时地一个把另一个坏一下。本来是两个来自不同方向的人，到了铁马市却因留恋一方干净的水土，却怎么也不想再走了。他们想永久地在这座城市里慢下去，直到天荒地老的那一天。

即使谁也等不到那一天的到来。

以鸣的母亲何长秋是亚麻厂的工人，一直待在铁马市，一辈子没坐过火车，没乘过飞机，前几年下岗了，和一个男人又和谐了一个家族，但在以鸣看来，那日子过得还是很没意思。父亲当初就是看不惯母亲那懒懒散散的样子，才痛下决心跟她离婚的。大人们离婚后，作为孩子的以鸣就被父亲于20年前带到了哈尔滨。与母亲的不甘寂寞相比，父亲倒是很能耐得住寂寞的，至今未娶，这不能不说是个奇迹。

以鸣还有个唯一的舅舅何长生在西固的乡下。小时候见过几次，印象最深刻的是，何长生每次从乡下回来，一进以鸣家的门，就抱起以鸣，没完没了地吃他的小鸡鸡。

来，舅舅吃一个！以鸣就给他揪一个。

来，舅舅再吃一个，以鸣又给他揪一个。

嗯，好香啊。何长生作出很享受的样子。而且还故意喂吧着胡子拉碴的大嘴。

可是自从父母离婚后，以鸣再也没有见过何长生。父亲断了一切跟母亲有关联的人。直到有一天，以鸣接到母亲打来的电话，说以鸣，你舅舅没了，你回来给他烧点纸吧。

以鸣挂掉电话后，即刻启程，坐飞机赶到铁马市。紧接着又同母亲连夜奔赴西固的乡下。

何长生是被人打死的。何霞妈妈说，何长生那天一早就上山了，快中午时村里有人说何长生与人打起来了，理由是，对方耕地时耕过了头，把何长生家的地耕到自己家的地里去了。何霞妈妈说，对方是个二杆子，力气大，还练过拳脚，把何长生像一只鸡一样拎起来，然后扔在地头。何长生哎哟了几声，不服气，对方又顺手操起一把铁锹朝何长生的头抡去，何长生应声倒地，血顺着脖子咕咕地往外冒，不一会儿，就断了气。何霞妈叹了一声说，这个挨千刀的长生啊，你要是服气了多好。

何长生毕竟心疼过以鸣，所以以鸣已经做好了要好好哭一场的准备，可到了坟上怎么也挤不出眼泪来，于是他就化悲痛为力量，狠狠地烧纸，花 200 多元钱买来的纸，全被他烧完了。相比而言，母亲的哭更为真切，毕竟，何长生是她的亲弟弟。

九

蒋梅快结婚的那段时间，王玉来王经理，那个董事长的儿子频繁地来找蒋梅。有一天，蒋梅正在办公室用牛皮纸打包新出的杂志，王玉来从门外进来了。王玉来进来的时候，蒋梅一点也没有察觉到，一转眼，王玉来的脸就贴在了蒋梅的鼻子上。蒋梅下意识地往后闪了一下，白了一眼王玉来，骂了一句死鬼。

要说这王玉来，天生一副女相，小脸白白净净的，走路屁股收得紧紧的，似乎要有意减轻他自身的重量。如果让他唱小旦，是绝对的好角儿。王玉来经常穿梭于不同的办公室，而且从来不敲门，就那么轻飘飘地、神兮兮地飘了进来。

梅呀，你要结婚喽？

王玉来眉角轻轻上扬，嘴里呼出一股怪怪的香气，然后将身子顺势倚在办公室桌上。

嗯，怎么了？

蒋梅照旧打包她的杂志。这期的《幸福》杂志封面是蒋梅设计的，大大的一滴水，水里裹着一根小嫩芽。

晚上有空吗，我请你吃鱼翅炒饭，彼岸旁边新开了一家很不错的餐厅耶。

王玉来将"耶"字的音拖得很长，蒋梅一阵恶心，捂着嘴冲出了办公室。

有了，蒋梅心里突然冒出这么个念头。从洗手间出来，她避开众人的耳目，拨通了以鸣的电话。蒋梅说，以鸣，你陪我去医院吧。以鸣在电话那头说，你怎么了，身体不舒服吗？蒋梅停顿了一会儿，本来想说我有了，但她还是没说，我就是不舒服。以鸣说，那行，中午下班了我过来接你。

蒋梅挂掉了电话，重新回到办公室。看着一堆一堆的杂志，她有点头晕。杂志社总共不到十个人，所有的编辑全是勤杂工，还要负责杂志的打包与邮寄。

王玉来见蒋梅进来了，赶紧放下手中的《女友》，迎了上来。

梅，你没事吧？

蒋梅没有理他。背起包，直接上街了。

她走出很远，仍听见王玉来在喊，好呀，姓蒋的，人家好心好意关心你，你却不理人家，哼，我扣你这个月奖金。

越到最后的话，蒋梅听得越不真切，她觉得什么也无所谓了。

走到公园街口，蒋梅就迎上了以鸣。以鸣嘟噜着嘴，一脸的不高兴，蒋梅大老远看见，觉得不是滋味，心想，你快乐时往死里快乐，关键时候就拉脸子。

蒋梅冷冷地问，怎么了。以鸣说，别提了，跟社长吵架了。蒋梅这才舒了一口气，有话好好说嘛，跟领导吵架有你的好果子吃。以鸣说，我干了这么多年，要功劳有功劳，要苦劳也有苦劳，凭什么这次出国考察的机会就没有我，偏偏让那个二罗子去。哪个二罗子，就是那个上次报道假新闻的罗旺财吗。以鸣没吱声，只是无奈地点了一下头，表示就是那个二罗子。

蒋梅拉了一下以鸣的手，说没事，我老公是最棒的，咱不在乎那些。再说了，铁马市谁人不知二罗子啊，市长的儿子，你还能把他怎么着，就算是社长，也得让他三分呢。

唉，罢了罢了。以鸣叹了一声，往后一退，坐在了街边上。然后从包里取出一根香烟来，点燃，狠狠地吸了一口。一连串的标志性动作，让蒋梅看得入迷。说实在的，蒋梅从来没有像今天这样认真地观察以鸣，跟平常的神侃相比，此时此刻的以鸣显得极为男人，面部神态颇有雕塑感，且散发出咄咄逼人的忧郁之气。

烟瘾过足后，以鸣突然问，梅，你不是说不舒服吗？蒋梅嗯地答应了一声。哪儿不舒服呢？蒋梅说也没什么，就是想呕吐，总想吃酸的。

以鸣心领神会地哦了一声！脸上瞬间绽放出朵朵笑花来，这么说我要当爸爸啦！

蒋梅不语。一片久违了的红云飞上了她的脸颊。

突然，以鸣抱起了蒋梅，疯狂地奔跑起来，我要当爸爸喽，让那些狗屁考察见鬼去吧！

那一刻，蒋梅恍惚间冲上了云端，像一只快乐的小雀不停地飞翔，周围的世界消失了，她感受到了一种从未有过的幸福感。

接下来，婚姻大事提上日程。

按理说，双方父母必须得见见，就算是例行公事了。以鸣问蒋梅，咱们先见谁的爸妈。蒋梅说，先见你的吧。以鸣说，我这离婚了的爹妈，不好归拢，还是先见你的吧。蒋梅说那好吧。

去广东的前一天，蒋梅给廉城镇的家里打了电话。接电话的是蒋梅的爸爸。蒋梅说，爸，我明天就回家看看你们二老。电话那头说，你还知道回家啊，没良心的死丫头。蒋梅说，哪里啊，我天天在想你们呢。爸爸说，想就好，我让你妈准备准备。

蒋梅本来想在电话里提提以鸣，但最终没有提。路途遥远，电话里说不好，还不如让他们见个大活人来得惊喜。

第一次见岳父岳母大人，以鸣显得极为紧张。刚踏进蒋梅的家里，他的心就狂跳不已。好在蒋梅的父母都很热情，主动迎上来，问这问那。其实聪明的爹妈们，已经猜出八九来，知道女儿千里迢迢地从大西北领回来一个帅小伙，肯定不是普通的朋友了。对于爹妈的表现，蒋梅也颇为满意，她悄悄地给以鸣说，嘿，瞧见了吧，这就是本姑娘的老爹老妈，够开明吧，人够好吧。以鸣连连点头，说，好好，摊上这样的老丈人家，是我祖上修来的福分。

蒋梅对以鸣说，你瞧瞧，我妈美不美。

以鸣弱弱地说，美。

呵，那当然了。我妈年轻的时候，在我们廉城那可是十足的大美女，追他的人都排成了长龙呢。

正说着，蒋梅的妈妈过来了，手里端着一盆洗好的荔枝，见他们二人嘀咕着，心里也乐了，她说以鸣啊，别听这死丫头乱说，赶紧吃水果，刚从谢鞋山上摘下来的，新鲜着呢。

哇，以鸣赶紧吃喽。蒋梅蹦蹦跳跳地从妈妈的手中接过荔枝，赶紧摘了一串塞进了以鸣的手里，说你们铁马市不多吧。以鸣说，多呢。蒋梅说，多也是从我们这里运过去的。以鸣说，我小时候在唐诗里吃过呢。蒋梅咯咯咯地笑了，你说的是杨贵妃吧，她吃的正是我们这里的荔枝。以鸣不言语了，其实对他来说，这娇贵的玩意儿是南方货，他第一次吃还是二十岁那年，父亲的一位朋友从南方带来了一箱，给他家分了一串，由于是稀罕物，他只吃到了那一串中的两粒，其他的全被父亲散给了邻居家的小孩。

虽说以鸣也是个爱说话的人，但这个时候却像一个规规矩矩的小毛孩子，只闷头吃荔枝。蒋梅借机调侃起了他，哟嗬喂，以鸣同学啥时候变得这么乖呀。以鸣只笑不答。这一幕被蒋梅的父亲看在眼里，他打心眼儿里喜欢起了这个小伙子，北方的人就是实诚，把女儿许给他，值了。

然而岳父岳母对自己的喜欢，以鸣也心知肚明，于是他越加表现得不善言辞起来。但他告诫自己，表现也得有个度，也就是说，该说话的时候还得说，不该说的时候就得闭嘴，这叫识时务。当然了，不说话的时候，也不能像纯粹不说话时那样板着脸，而是要注意往表情上挂笑，注意，是微笑，这样显得有涵养。那么，什么时候就得说话呢？通过几次对话，以鸣总结出来了一点：随机应变，且少说为妙，说多了未免会说漏嘴。比如当岳父岳母问他家里还有什么人时，那就得说话了，而且要说得巧妙，至少不能把父母离婚了的事供出去，否则人家会怎么想！有些话就不必作答，比如他们说以鸣这孩子真不错，话不多，但人可精灵呢。面对这样的情形，以鸣往往以微笑示谢意。以鸣非常懂得此时无声胜有声的境界，更加懂得"让他人去说"是为人处世的硬道理。就拿刚才那夸赞的话来说吧，岳父岳母的话音刚落，蒋梅就接过话头，说，那当然了，我看上的男人还能差吗？于是，一家三口像捡了个大便宜似的，欢喜一番。而以鸣照旧埋头吃他的荔枝。

第二天，蒋梅带以鸣去了一趟谢鞋山。

谢鞋山在廉城东南5公里的谢旺村。一路上，由蒋梅充当导游，她说，在我眼里，谢鞋山与其他地方的山没什么不一样，唯一让人留恋的是这满山的野生荔枝树，这也是中国大陆唯一生存的野生荔枝林，小时候我经常和哥哥来这里摘荔枝吃，一玩就是一整天。以鸣说，你可别说，凡事跟"唯一"两字挂上钩，那就是了不起了，我看这谢鞋山不是简单的山。你瞧瞧，这资源多罕见啊，不经意中隐隐透着一股神秘。蒋梅说，看来你的悟性还是很不错的，初识谢鞋山，就能抓住其重点，领悟其核心，你也不错。以鸣拱手作揖，学古代学子肃然状，哪里哪里，蒋妹此言差矣！蒋梅也作回敬，岂敢岂敢，勇兄客气了。说完，与以鸣相觑，继而爽朗地大笑起来，笑声穿过密林，即刻招来山鸟鸣应。

据蒋梅介绍，谢鞋山上的荔枝品种有十几种，黑叶、鸡嘴、桂味、妃子笑……蒋梅领着以鸣一一在山上辨识，像是给一大家子人介绍一个新来的客人。尽管蒋梅提醒说，一颗荔枝三把火，吃多了会得"荔枝病"的，可是看到晶莹剔透的果肉，以鸣还是忍不住多吃几粒。

干净的阳光穿过鲜嫩的绿树叶，细细碎碎地撒在地面上，空气湿润而新鲜，到处呈现一派盎然生机，这简直就是一个不朽的世界啊，以鸣感叹不已。

下山的时候，蒋梅讲述了谢鞋山的来历。她说这谢鞋山原来不叫谢鞋山，而是叫狮子山，山下有个茨桐根村，是明朝永乐进士杨钦的故乡。相传杨钦官至翰林院编修，因为对朝廷有功，荣归故里时，皇帝就赐他龙鞋一双，后来，这茨桐根村就被改为谢鞋村，而狮子山则更名为谢鞋山。

末了，以鸣接蒋梅的话儿，说了一句打趣话，这皇帝送的鞋是穿过还是没穿过呢，我想肯定有脚臭吧，这杨钦也不嫌弃。

蒋梅说，你就贫吧，人家皇帝每天晚上用茨桐根村的茨桐根泡脚呢，不臭，不臭，哪像你的，正宗的香港脚！

以鸣说，嘿，你可别说，我这香港脚皇帝佬儿他可没福气得呢。

从廉城回来，以鸣在电话里告诉父亲自己要结婚了，父亲开心坏了，说你也老大不小了，该有个家了。过后蒋梅问以鸣，是不是得将爸接到铁马市来。以鸣说，这你就别想了，就算你去接，他还不一定回来呢。蒋梅就纳闷，难道他连我们的面子都不给吗？以鸣解释道，不是他不给我们面子，而是他自个儿给自个儿不给面子。你可不知道我这个爸，他容不得跟我妈待在同一个城市里，他甚至连我妈的气息都怕闻到。蒋梅不作声了，心想，这老两口可真有意思，都离婚这么多年了还这么拧巴。

举行婚礼的日子很快就到了，以鸣跑前跑后地张罗，订餐馆，发请柬，买烟酒，而且还要布置婚房。有时候蒋梅也会搭把手，但她的反应太大，看到一些无关紧要的东西都要恶心，吃饭往往只吃半拉子，就得往厕所跑，以鸣看着也着实心疼。看来这婚礼的确得加紧办了，一天也耽误不得。

婚礼举行得非常成功。唯一遗憾的是，蒋梅没有穿上她向往的中国旗袍。本来她想坚持着穿呢，却被以鸣数落了一通，以鸣说，那玩意儿穿在身上裹得紧紧的，你也不怕让别人看出个未婚先孕的征兆来。蒋梅说，看什么，我肚子又不大嘛。以鸣说，还不大吗，都快有一个小西瓜那么大了。蒋梅噘着嘴，下意识地摸了摸小腹，就不吭声了。

十

现在，蒋梅终于辞掉了那个令她作呕的工作。

临走的那天，王玉来拖着他的水蛇身，倚在办公室的门框上，一副依依不舍的样子。他本来是打算送送蒋梅的，这不，车都让司机师傅停在了后院子里，然而这样的好意却被蒋梅无情地拒绝了，蒋梅说，你太抬举我了，还是我自己走吧。

这一幕让杂志社的其他人看见了，好多人都来劝蒋梅，说蒋梅啊，你就给王玉来个面子吧，毕竟人家对你也算是一往情深嘛。

是啊，是啊，你爱不爱他是你的权利，但送不送你是人家的心意。

蒋梅，你就从了他吧。

然而有人冒出这么一句来，气氛一下子变得不正常起来。本来是人间最正常不过的聚散别离，古往今来都有上演，可今天的一幕却让这些人这么一掺和，滋味却不一般了，戏的成分也浓了，好像蒋梅与王玉来两个人之间真有什么似的。

见所有的人都在劝蒋梅，王玉来耍泼耍得更厉害了，现在，他的身子在门框里完全造成了 S 形，似乎有一股无形的风在作用于他。

梅，你要是不答应我送你，我就不让你出这个门，王玉来说着，又加强了一下那个 S 形的标准性，并以此来证明：瞧，我王玉来多喜欢你啊。

可是王玉来，既然你喜欢蒋梅，为什么不了解蒋梅呢。依她的脾气和性格，会屈尊就范吗？她从小可是一个软枪硬炮都不吃的烈女子，也就是说，只要是她看不上眼的人，就算是王爷公子也白搭，除非你把她杀了。

是啊，你王玉来不敢杀人，那就放人吧。

这时候蒋梅兴冲冲地走到门口，打算要出去。可王玉来还用他的 S 形身体堵在那里。

蒋梅说，你让不让？

王玉来说，我不让。

蒋梅说，你真的不让吗？

王玉来说，不是我不让，而是我舍不得让。

那好，蒋梅说，你不让，我可就动粗了。

哟嗬喂，女人动粗会是什么样子。杂志社里有人起哄了。

只见蒋梅后退几步，做出向前冲的样子。王玉来见蒋梅来真格了，心里的紧瞬间松了下来。

就在蒋梅冲上去的时候，全社的人都见证了这一幕：王玉来那僵持已久的 S 像面条一样耷拉了下来，蒋梅顺势轻轻一拨，王玉来就轰然倒在了墙根下，门口豁出一道光，蒋梅从光里消失了。

梅，你等等我。王玉来的声音显得非常虚弱，好像是一个孩子在呼唤后娘。

从杂志社里出来，蒋梅感觉一身轻，连走路也恍然飘了起来。她心想，传说中的"解放"也不过如此吧。走着走着，蒋梅似乎一下子明白了一个道理，当年翻身的农奴为什么把歌唱呢，原来也是贪享那份"解放"之后的快感啊。

蒋梅加紧步伐朝家走去。

按照预定的日期，今天晚上以鸣要从呼伦贝尔回来了。她得提前赶回家把饭给做好。

蒋梅的家在市区最东边，用开发商当年诱她买房的话说，是真正意义上的"离尘不离城"，坐车几分钟，步行不到半个小时就能到。每次回家，蒋梅要经过一个菜市场。菜市场是批发性质的，负责全市人民的蔬菜总供应，许多零售小贩每天天麻麻亮就奔涌到这里排队批发蔬菜，然后快速分散在像毛细血管一样密集的街巷里，把新鲜的菜输送到细胞一样多的千家万户。

平常蒋梅回家是坐公交车，1元无人售票，就能将她拉到小区门口，下车后再走几分钟，就能到自家楼下。可是这会蒋梅不想坐公交，而是选择了步行。家里也没人，她觉得那么早回家没意思，还不如走走路，消遣消遣。

走进菜市场，菜摊子已经陆续收了。依照蒋梅的经验，这个时候的菜是一天中最便宜了，不用费口舌，就能揽回一大堆菜，就像股市大捞底，瞧准了就下手。

按理说，吃什么菜就买什么菜，蒋梅经常就是这么干的，可是这次等她回过神来时，发现手里已经提了好几样菜。

我买茄子干什么？为什么没有买辣椒呢？一连串的问题把蒋梅自己都给问蒙了，她回想了一下刚才在市场里转悠的情景，才知道自己走了神，心在别处想，因此菜贩子给她抓的是什么菜，她全然不知。这作为一个有志于成为优秀家庭主妇的蒋梅来说，的确不应该。

蒋梅摇摇头，苦笑了一番，径直朝肉摊走去。大老远，几个卖肉的就朝她招呼。

喂，同志，新鲜的肉，过来瞧瞧啊。

大姐，我的肉刚刚宰下来的，你看看，新鲜的血丝还有呢。

姑娘啊姑娘，瞧瞧喽，新鲜的肉，好吃不上火哟。

听着这些此起彼伏的叫卖声，蒋梅觉得很好笑。不过最终她还是选择了那个叫她姑娘的摊主。在蒋梅看来，称同志不够亲切，称大姐，这人没眼色，只有这个称姑娘的，才是真正的生意人。能看出来，这位摊主是当地人，全身上下利利落落。尤其令蒋梅欣慰的是，这位摊主不像其他那些仗着经营肉食的便利把自己吃得胖乎乎的，而是在体格上显得很精瘦，却又很健硕。

这羊肉是连骨头带肉一起称的。你想知道为什么，用摊主的话，行内规矩，没有为什么。不过，摊主又补充了一句，话说回来，这骨肉相连的肉吃起来也有味儿。听摊主这么一讲，蒋梅就多要了二斤，然后又在旁边的铺子里买了一些料，她打算回家做清炖羊肉。蒋梅心想，以鸣出差这么长时间，应该很累了，得好好补补身子。

从市场出来，天已经擦黑，夏天的夜短，说来就来了。

推开家门，屋子里冷冷清清的，一切照旧，几盆花无精打采地摆放在阳台上，叶子上浮了一层沙尘。蒋梅强打着精神，把所有的花搬进了屋。然后，坐在沙发上发了一会儿呆，有那么一瞬间，似乎看见以鸣坐在书房里抽烟，见她进来，叫了一声老婆，然后笑盈盈地迎上来，习惯性地在她的额头上亲吻了一下。

蒋梅神游般地站了起来，迎着空气轻轻一笑，一转眼，她撞见了镜子里的那个她。蒋梅看见另一个蒋梅也笑了一下，只是听不到她在那个世界里的声音。看见对方脸色苍白，蒋梅不自觉地摸了一下自己的脸，发现最近瘦多了，再加上连夜失眠，眼睛里也布满了血丝。

即使不见以鸣回来，蒋梅还是要做饭了。

羊肉都按照蒋梅的要求，让摊主剁成了一小块一小块。几乎每一块骨头上都连着一团肉。以前蒋梅从来不吃羊肉的。家乡那边的人什么都吃，就是不吃这个，因为膻味太重，都很抗拒。来到铁马市后，有一段时间蒋梅也很抗拒，看见羊肉就躲。还是婚前刚怀孕那段时期，以鸣美味的"肉衣炮弹"轰开了蒋梅紧闭着的味蕾，先是羊肉饺子，然后是羊肉小炒，最后是清炖羊肉，一道比一道鲜美。后来，蒋梅就从以鸣那里获得了真传，样样做得精到，而且还推陈出新，吃得以鸣嘴上直抹油，大赞自己老婆有悟性。

蒋梅把羊肉放在锅里氽水，然后倒入少许白酒，虽说铁马市的羊肉腥味轻，但白酒仍可起到加强和巩固的作用。红萝卜切成一厘米见方的小块，姜最好拍碎，蒋梅认为这样姜汁就能煲出来。一切都准备就绪，蒋梅在沙煲内加入足量的清水，除胡萝卜外，将所有料放入。蒋梅看了一下钟表。接下来，就交给火候了。

但这火也得人来控制，蒋梅的方法是，先是大火，让水沸起来，烧到出现像鱼眼珠大小的气泡并微微有声时，再将火调小，用笊篱把肉末子打掉，然后再加大火，烧到水面似有波浪翻滚奔腾时，就得彻底改为文火慢炖了，然后放入红萝卜。整个过程好比煮茶。但在蒋梅看来，清炖羊肉却酷似经营婚姻，两个人之间，既要学会如何煨火，也要学会如何救火，略有疏忽便有惹火烧身的风险。

闹钟响了，蒋梅放入香菜、盐、胡椒粉、味精，然后开始起锅。她将肉汤一勺一勺地舀进一个汤盆里，然后盛上两碗端到餐桌上，又神情怅然地摆好了筷子。

以鸣在的时候，两个人准会抢着往各自碗里盛汤，或抢肉块，然后，才自个吃自个的。快吃饱时，他们会做一些小游戏，比如一个给另一个喂饭。而以鸣往往利用这个机会给蒋梅使坏，有一次，他说梅你闭上眼睛，蒋梅说闭眼干吗，以鸣说你闭上就知道了，于是蒋梅就乖乖地闭上了。然后以鸣就像接吻那样，把嘴巴凑了上去。蒋梅闻到了一股羊肉的热气……

以往的情景浮现出来，蒋梅却突然没了胃口。

她看了一下手机，没有任何信息。开机铃声也不知啥时候被设置成了《妈妈的吻》，屏幕上闪现出一个婴儿眨眼睛的样子，蒋梅不由得一阵难过。她忽然想起曾经肚子里的宝宝，一种自责、惭愧的情绪涌上心头。

想起一家"三口"的日子，虽说短暂，但也很其乐融融。新婚前后一个月，以鸣一下班，就会将耳朵贴在蒋梅的肚子上听，他说，我听见儿子喊爸爸了。蒋梅说，才几个月啊，还没成人形呢，喊什么爸爸。以鸣说，两个月了吧，应该正在胎盘上转经呢。

本想着有天伦之乐可享，可是就在蒋梅疯狂减肥之际，孩子流产了，这给以鸣的打击太大了，他三天三夜没好好吃饭，之后，就窝了一肚子的情绪去了呼伦贝尔。

羊肉凉了又热，热了又凉。蒋梅坚信，以鸣很快就回来。

闹钟又响了，又一个整点过去了。蒋梅拿起手机给以鸣发了个短信，没有反应，过了一会儿，她又拨通了以鸣的电话，电话那头有一个机械的女声说，您所拨打的电话暂时联系不上。关机了？没电了？还是信号不通呢？蒋梅忽然有点迷糊，那一刻，她感觉时间在倒退，整个人瞬间陷入一个未知的深洞，有许多人从那个洞口经过。突然有一束光打了过来，她看见了以鸣的背影。以鸣骑着一匹黑色的马在呼伦贝尔大草原奔驰着，一转眼人就不见了，广袤的草原变成了海水。

蒋梅大喊一下，惊出了一身汗。

醒来后，蒋梅发现窗外刮起了风，不一会儿就下起了暴雨，她赶紧从沙发上爬起来，把窗户关好。

咚咚咚，突然有人敲门。

蒋梅看了一眼闹钟，凌晨三点。会是谁呢？

她蹑手蹑脚地走到门口，从猫眼里望了一下，楼道里漆黑一片，什么也没有。

蒋梅的心狂跳不已，她赶紧跑回卧室，爬到床上，慌里慌张地用被子把自己蒙了起来。

蒋梅只祈盼着天快快亮起来，这样就可以见到以鸣了。

2010 年 7 月 30 日　银川完稿

花季少女马兰死亡记

没想到，这辈子我见到的第一个死人竟然是马兰。马兰躺在医院里，我和妈妈赶到的时候，她已经死了。病房里很安静。马兰的爸爸正在收拾东西，神色黯然。他说，刚走不久……话没说完，眼泪就下来了。我的兰兰，走得很不甘心哪！临死前还挣扎着把手指向窗外，从最后一丝气里，我似乎辨出她在喊奶奶。没错。我当时还说，兰兰，挺住，奶奶快来了，在路上呢！可是，无论如何，她伸出去的手就是执意不收，呵，女儿的脾气我了解，没办法，我只好说，唉，你快走吧孩子，奶奶怕是一时半会儿赶不来了。就这样，她才缓缓地收回了手。我真希望她能等等她奶奶，可我担心那手永远收不回来！

马兰的爸爸由于太伤心而顾不上瞅我们一眼，他低着头跟我们说话，却始终没有停下双手。我的妈妈伤心得泪流满面了。相比而言，我的感觉有点奇妙。我不认为躺在床上的马兰是一个死人。我以前听说人死了是要变形的，可是马兰没有。马兰跟我平常见到的一样，白白净净，像是睡着了。因此，我不悲伤，还到处乱看。我的妈妈剜了我一眼，意思是，懂不懂规矩。

马兰的死讯很快传遍了每一个亲友，等我回过神来的时候，他们都挤满了病房。挤不下的在楼道里叹气，他们大多是远房亲戚和一些边缘化的朋友。而我妈妈，以及几个舅舅，几个姨姨，一群表兄表妹，血缘关系近一些的，自然要往里头挤了，谁都想看马兰最后一眼。当然了，其中不乏像我这样去看死人的。

马兰的奶奶从铁马村赶到铁马市的时候，马兰已经驾着四轮平板床去了太平间。老太太从车上下来，一路跌跌撞撞。有人在旁边陪着她，但还是在上台阶的时候，差点儿摔了一跤，幸亏我妈妈眼疾手快，扶住了她。母女心有灵犀，这一点你没办法。马兰的奶奶赶到太平间的时候，亲友团已经走掉了一半。那么一大帮人，聚在医院里总不是什么光彩的事吧。

娘，您来了，兰兰到最后还在念叨着您呢。马兰的爸爸对老太太说。老太太嘴张了半天，想哭，但忍住了。马兰的爸爸知道老太太是很坚强的。他记得爹死的那年，娘查出了胰腺癌！老太太年轻时干过革命，当即就拍着桌子骂道，癌症是我龟孙子，我还怕它？全家人可受鼓舞了。那时，马兰还没出生呢。现在十多年过去了，癌症还真像个龟孙子，缩了头，没有劫走老太太。奇迹啊。其实家里人都心知肚明，老太太之所以活到现在，就因为有孙女马兰。

马兰没赶上看爷爷一眼，权当憾事了。可奶奶心疼她，把她当块活宝，这一点，马兰她心里明着一本账。马兰五岁上学，聪明伶俐，年年三好学生，从不辜负奶奶。马兰十三岁开始发育，越长越水灵了，该凸的地方凸，该凹的地方凹，一点也没马虎。在奶奶的眼里，马兰就是她心尖尖上的肉，小时候，经常偷偷地煮鸡蛋给她吃，有时还带着上街，只要马兰想要的，奶奶就给。马兰懂事的时候，就帮奶奶洗洗涮涮，奶奶心疼她，不让她干，她就噘起嘴跟奶奶理论……

想起过去，老太太痛不欲生。按理说，我是她亲外甥，应该享受到看马兰最后一眼的权利。可我妈妈说，你没成人，又没结婚，不能在太平间看死人的。我只能站在门外了，这有点不公平。我透过门缝，看见老太太，一下，又一下地扑上去抓马兰，但都被马兰的爸爸，以及他的几个弟弟拉了回来。他们异口同声地说："娘，人已经死了，您老注意身体啊！"说实话，我是"迎风冷泪"，通过门缝瞧人，从里面出来的阴风很蜇眼睛的。于是，我试图和看管太平间的老头儿搭讪。他坐在走廊的长凳上，闭目养神。看惯了人间生生死死，对于我好奇的死人，他一点儿不在乎。我有点崇拜，即便他懒得跟一个孩子说话。

老太太在太平间闹够了，出来的时候，夜幕降临了。她在我几个舅舅、几个姨姨以及一群表兄表妹的簇拥下，走在医院的楼道里。阵容很强大，惊动了几个刚割掉阑尾的病人。可是，当我们走出医院，准备坐上我三舅的那辆客货两用时，老太太突然转身离去。大伙普遍很纳闷，但念在悲痛时分，谁也不会去阻拦。老太太在太平间门口停了下来，朝里张望了一下，对看管死人的老头交代，麻烦您老晚上留意着点，我家兰兰半夜会醒来的。怎么会呢，我在这儿守了大半辈子，从来没出过这样的意外！老头说。是啊，娘，马兰的爸爸对老太太说，兰兰的确死了，是我亲手为她合上眼睛的。你胡说！老太太急了。马兰的爸爸说，兰兰的确死了，您瞧，人躺在那里，床板都被血渗透了。这话倒提醒了老太太，她这才看见殷红的血顺着床缝往下滴……

那年，我十七岁半，刚从一所三等建筑技校混出头，在三舅的工地上实习。听到马兰住进医院的消息时，我正和三舅装模作样地研究一张图纸。我们不顾民工因工钱而发起的围攻，开上那辆赖账赖出来的客货两用车往医院赶来。马兰见我就想拉我的手，可我不想给她添麻烦，她的左手在输血，右手在输液。我说，马兰，你就好好躺着吧。这话说出来了，我就觉得自己是那样地恬不知耻，她是我们这一辈里最大的，按理说还得叫她表姐。

据马兰的爸爸讲，马兰的病情很复杂，医生下不出结论，就初步诊断为胃出血。正说到这儿，马兰说要尿尿，马兰的爸爸将盆子塞进马兰的被窝。拿出来的时候，全是血。我平生第一次见那么多的血，心里不由咯噔了一下。马兰的爸爸还说，马兰住进医院已经一个星期了，可病情从不见好转，而且一天天加重起来，情况往往是，血一输完精气神儿就来，可过两天又面黄肌瘦了。瞧，她的脚上、手上、脖子上全是密密麻麻的针眼。每次做胃镜，她喊疼，做完就小声地哭，连鸡汤都灌不下去。她已经两天都没进食了，不要说病人，就是没病的人，这样下去非饿死不可。我三舅说，哥，总不能只靠输血来维系兰兰的命吧！马兰的爸爸叹道：是啊，一袋血 400 元，现在已经花掉了十多万元，这样下去可不是个办法啊。三舅一脸无奈地说，我这儿也实在没什么法子，上面拨不下来款，工人天天喊着要提我的头。正说着，大夫进来了，他说，做好准备，晚上 9 点做手术！听那口气，有点像主治大夫。大夫出去后，马兰的爸爸说，都已经做了四次了，每次把肚子割破、缝上，割破、缝上，病因就是找不出来。

医生让我们做准备，我们就作准备。没到 9 点，大夫又来了。他说，我说的是做心理准备，明白吗？其实我们早就明白，可经他这么一说，好像更明白了。可大夫还是以他的职业精神进一步提醒我们，做不做？做可能有生命危险，不做兴许还能活几天。本来大家的心是提溜在一起的，可当大夫真正将"死亡"推到我们面前时，所有的人都濒临崩溃。马兰的爸爸瘫倒在了地上。三舅冲上去，朝那大夫的屁股踢了几脚，骂道，我家兰兰的病因找不出，我就要你的命。大夫打了个趔趄，差点儿撞在了楼道的暖气片上。

其实，三舅的那一脚踢得还是很有效果的。医院自认无能，很快决定联系外面的专家。我记得很清楚，6 月 3 日 10 点，院长正式下了转院单。那天，马兰的奶奶也千里迢迢地从山里赶来了，老太太手里拎着一罐鸡汤，可当有人告诉她马兰什么也吃不了时，她背过人，抹了一把泪。生离死别的场景同样感染了马兰的一位病友。他当即掏出手机，给民航拨了个号，订了三张去北京的免费机票。看来像个当官的，因为住院不久，看望他的人就超过三十拨，仅礼品就堆了三桌，花样繁多，够一个小超市的内容了。马兰的奶奶为了感谢人家，送了几包家乡的土豆，可人家又反过来把那三桌礼品分作"半个超市"回敬给了她。马兰走的那天，他还主动派车，把马兰和马兰的爸爸送到了机场。

到了北京，北京的专家说，马兰的肚子里有石头。肚子里有石头？怎么会呢！别着急，北京的专家问马兰的爸爸，马兰小时候是不是得过胆结石？马兰的爸爸想了想说，是啊。北京的专家打了个响指，走出了病房。接下来，发生的一切出乎我们的意料，几粒蚕豆那么大的石头，被专家顺顺当当地取出来了。

要说马兰得胆结石，还是在四岁，当时动完手术大夫承诺过，没了，绝对没了，取得干干净净！难道，他们压根就撒谎？没有，北京的大夫告诉马兰的爸爸，是手术过程中出了意外，不小心把石头掉了进去，这一点，粗心的大夫谁也没有留意到。不过，还好，现在的马兰躺在北京的医院里，气色越来越好，不出一个月，便能下地走路了，两个月后，马兰从北京打来电话，告诉我们，她和她爸在天安门广场转悠呢。

马兰从北京回来后，开始加紧织毛衣，好像要赶在冬天来临出门远行。毛衣是黑色的，缀着小白花边，马兰每天照着镜子在胸前比画着。我们的马兰大眼睛，白皮肤，人长得高挑，那毛衣穿在她身上，的确好看。邻居看见了，没有不夸的，他们对马兰的爸爸说：瞧，你们家马兰人长得好看不说，连手都那么巧。马兰织了毛衣不罢手，接下来，还要织围巾呢。那围巾也是黑色的，缀着小白花边。要知道，每个女孩子在穿着打扮上都是很开窍的，而马兰，就更开窍了。马兰从小的梦想就是当一个服装设计师。她经常在纸上写写画画，别人看不明白的，马兰心里明白。那些像蝴蝶翅膀一样东一块西一块的草图，勾勒的就是马兰的梦想。不论怎么说，从小到大的马兰，身上体现出的是一个正常人应有的追求，可是现在，她的举动却实在有点超乎寻常了！

没有人去体察马兰，不过，还是有一个人注意到了，那就是邻居家的刘木匠。有一天，他眯着眼睛观察马兰家的门框，突然说，马兰她爸，你家的门框斜着呢。马兰的爸爸说，大叔，您眼花了，我家门没有斜。刘木匠说，你别骗我了，我不会看错的，再说了，我还是半个阴阳，赶快把它扶正吧，有一股阴气正在逼着呢。马兰的爸爸想了想，摇摇头，叹了一声，唉，人老喽！就走了。马兰的爸爸走后，刘木匠继续眯着眼睛观察那门，突然，马兰撞入了他的视线。他问，这姑娘，大热天的，穿毛衣围围巾干啥呢！马兰说，刘老爷，我穿着试试。刘木匠说，有这么试的吗，我看你都穿了两三天了！马兰说，我刚得过病，只觉得浑身发麻，是怕冷吧。刘木匠没吱声，心想，这娃娃怕是时间不长了。

看着马兰的精神一天比一天好，马兰的爸爸自然高兴。虽然背了不少的债务，但孩子的病总归治好了。他想，这个好消息一定要告诉给铁马山的菲。7月15日，是菲的忌日，这天，马兰的爸爸背了好几捆冥币，和马兰一起上了铁马山，他知道，菲在那里等着他们。塞北的盛夏，铁马山上开满了好看的马兰花，远远望去，真像一个绣花枕头。多漂亮啊，马兰忍不住摘了一大束花插在母亲的坟上，说，妈，您已经在这里睡了三年了，今天我和爸来看您了。马兰的爸爸望了女儿一眼，点点头说道，是啊，兰兰的病也好了，以后我们可要好好地活着了。父女俩说完，就把冥币点着了。

马兰的妈妈名叫东方菲菲，名字太长，活着的时候，别人称她东方。然而，直接用一个"菲"字来称呼，却是马兰她爸的特权。马兰的爸爸和东方从小在一个村子长大，又一起上高中。后来，东方考上了师专，可马兰的爸爸毕业后直接进了铁马坪的淀粉厂，当了一名普通的工人。有差距。不过两小无猜，终成眷属，那是很自然的。婚后，他们过得很幸福，第二年，就有了小马兰。但念在东方患有先天性心脏病，小马兰更多的时候由奶奶照看。可是东方老师的突然死去，谁也没有想到。她倒在了讲台上，送到医院的时候已经断了气。虽然事后当地政府把她追加为人民的好教师，但一个至亲至敬的人的永远离世，却给这个原本很美满的家庭笼上了一层挥之不去的阴霾……

那天从铁马山上下来，马兰就开始用功读书了。她把落下的课程，一节一节地往过啃，她想，一定要考上北京大学。白天，马兰在自家的院子里，支一张桌子写写算算，到了晚上，抱着书又舍不得睡。马兰的爸爸看在眼里，疼在心上，他劝马兰，兰兰，别太操劳了，注意身体啊。马兰说，没事，爸，我的病已经好了。瞧，马兰的状态多棒啊，谁能看出，她是一个得过大病的女孩子呢？其实没有人知道，马兰的心里一直藏着一个秘密。一年前，马兰曾和两个很要好的姐妹，在铁马山下发过盟誓：一起考上北京大学。那时候，马兰的学习非常好，每次考试全年级第一。马兰的爸爸十分得意，连走路也派头十足，他动不动向路人夸口，显得有点神经质。马兰很反感爸爸，她曾经就为此和他闹过别扭，甚至还怀疑过这样的爸爸是不是她的亲爸爸。不过这都没什么，你想想，有一个了不起的女儿，当爸的骄傲一下也是情理之中的，再说了，马兰的爸爸好歹也是明事理的人。

马兰把落下的课全补上了，现在，她等的就是一个新学年的开始。那段时间里，马兰每天起得早早的，先是背一会儿英语单词，然后就把家里的被套、床单、衣物全翻出来，该晒的晒，该拆的拆，该洗的洗，完了再叠得平平整整的，压在柜子里。我记得有一次，我妈妈做了一双绣花鞋让我给马兰送去。那天，我一边嘀咕妈妈偏心，一边很不情愿地来到马兰家。马兰正在洗她爸爸的工作衫，她看见我，就热情地迎了上来，说姑姑还好吗？说着就给我搬来一把小板凳。我撇着嘴说，我妈很好，这是她为你上学准备的新鞋子，穿上试试吧。啊，这么好看！马兰显得非常惊喜。但是，那天，我没有看到马兰把鞋穿在脚上，她只是拿在手里比画了一下，然后小心翼翼地包在了一块红布里……

马兰，就是在大家认为会很好地活下去的时候死的。按理说第二天就是开学的时间，但是马兰跟自己开了个玩笑，走了。是的，邻居家的刘木匠说得一点没错，这娃娃的时间就是不长。

准确地说，马兰死的时间是：1998 年 8 月 28 日 18：48，很特别的一串数字。据马兰的爸爸讲，马兰当天骑自行车去了一个同学家，12：00 回来的时候，就喊肚子疼。是我太大意了，我还以为是着凉了！马兰的爸爸给我们讲的时候显得悲恸万分。他说，我万万没想到啊，马兰的伤口开了，16：10 送到医院的时候，已经尿血不止。医生说，像马兰这样涉险过关的，这次肯定没救了……

马兰的葬礼第二天举行。6：08，大雨开始倾盆，但还是有不少人赶来为马兰送行。站在楼道里的是护士和一些病人。站在院子车棚下的，是马兰的同学，穿着校服，戴着小白花。马兰的老师，都站在医院对面的树底下，女的一脸焦急，男的叼着烟，不停地走来走去。而我们这些跟马兰沾亲带故的，没有一个不忙里忙外的。马兰的奶奶、马兰的爸爸、我的妈妈以及我三舅妈，在太平间为马兰最后的出行准备着。他们给马兰穿了一套十分好看的牛仔服。我三舅妈还为马兰抹了油，搽了粉，描了眉，涂了口红。马兰就像睡着了，谁也很难相信，她是一个死去的人！

棺材是夜里赶着做出来的，上面扎了只小公鸡，很精致，现在停放在太平间的门口。看管死人的老头把马兰的身子扳了过来，床板上又是一大摊血。我几个舅舅迎上去，抬起了马兰。9：40 分，雨小了，我们开始把马兰往铁马山送去。拉棺材的车是我三舅的客货两用车。一贯开冒失车的三舅，今天开得小心翼翼。10：05，送葬的队伍到达山脚下时，雨停了。马兰的爸爸开始对着铁马山哭喊了起来，菲，你睁开眼看看，兰兰来了。声音一直随着送葬的队伍飘到山顶。

邻居家的刘木匠说，马兰就理应埋在她妈妈的旁边，头枕山顶，脚朝下。对于他老人家的话，没人反对。下葬前，马兰的爸爸抱来了一大包东西，打开一看，是马兰以前穿过的衣服。唉，马兰的爸爸叹了一声，现在人死了，留着也没人穿，还不如让她捎走。说完就挥泪扔进了火里，只留下马兰新织的毛衣、围巾以及那双绣花鞋，被端端正正地摆放在棺材里。刘木匠给我们几个孩子每人发了一枚硬币，并交代，扔进棺材吧，向你们的姐姐说声好。我们照着做了。10：28，雨又开始下了，那么多的燕子叽叽喳喳，几乎是贴着山肩在飞。

马兰彻底从这个世界上消失的时候是10：50。现在，人们只能看到那个还散发着泥土芬芳味的坟堆。一切都结束了，雨却越下越大，当人们从铁马山下来再回头望去时，只见马兰的同学还在雨中忙碌着，他们到处找来石头，在死者的坟前围了一个大大的桃心，桃心的中央，花圈在雨中越烧越旺！

武氏父女铁马唱响悲情戏

在我们铁马街，人们都喊武丑丑为武家婆。武家婆，过来看看你的象牙！武家婆，你的菜篮子呢？武丑丑每次听到有人这样喊她，只微微一笑，然后就一声不响地走开了。好多人在她身后感叹，小武的脾气真好。在铁马街，武丑丑是最勤快的人，但也是最丑的人——我可是以中国平头百姓的审美眼光来权衡的，如果换了老外，说不定会认为她是个明星坯子呢。这样的例子很多，听说有个中国模特，身材很魔鬼，可脸上长得就是丑，在我们国家没被看好，嗬，没想到人家在国外一炮蹿红了。因此，从这个概率上推断，武丑丑也有出名的可能。但是在我们小小的铁马街，你要说这样的话就等于对我们的丑丑不负责任，甚至可以说是侮辱。首先，武丑丑的身材肥胖了一些，尤其那腰，像时时刻刻自带了个救生圈；其次，人太实诚了，俗话说，人善被人欺，驴善被人骑，你丑丑要是思想放不开，那就别当明星了；最后，就是武丑丑长了一对至高境界的大龅牙，换句话说，她的牙是獠牙。我相信，同样是灵长类的人，审美观念哪怕有多偏差——偏向爪哇国？差向好望角？但在龅牙这一点上，外国的平头百姓跟咱中国的认同还是一致的。总而言之，我的意思是，若以"美"作为标准，武丑丑绝对不会出名的。然而事实上，武丑丑出名了，而且就在我们铁马市，甚至还有波及世界的可能。

由于长期以来随着一个石油勘查队在戈壁滩上游走，所以起初我对当地人为什么把武丑丑叫武家婆这一点并不明白。你说人家女娃娃才二十多岁，对象没谈，婚也没结，竟然给起了这么个不伦不类的绰号，实在缺德。对此，我还向武丑丑提议，以后谁要是喊你武家婆，你就掐掉他的嘴。武丑丑却说，没关系，我已经习惯了。可见丑丑知道自己是一个丑女。人们从她那一贯的愉快、自然、坦诚的态度，看出她意识到了这一点，所以她根本没有像其他女孩子那样被父母宠坏。

据我妈讲，武丑丑的父亲武旦旦原来是个箍缸匠，但自从来到铁马市后就断了这门营生。有一段时间里，武旦旦整天守在屋子里，很苦闷，本想着能在铁马市驰骋一番独门绝艺，没想到城里人早就不用缸了。退一万步讲，即便用了，依现在人的脾性，该破的东西就让它破，谁还能想到请人把那玩意儿用麻秆箍起来再废物利用呢。眼看着武旦旦为这件事一天天憔悴下去，作为女儿的武丑丑心疼得不行。"爸，咱有双手，出门不愁，可以改行干其他的。"武旦旦说："这不就荒了？我就是撇不下祖上传下来的东西。"武丑丑微微一笑，说："你可以箍咱家的啊，实在没箍了咱就把新缸砸破再箍，当然了，你还可以箍盆子，箍碗，箍杯子，箍酒盅，从大件到小件，反正定期温习一下就行了。"

武旦旦说："这倒是个不错的主意，那好吧，明天我就到铁马街口摆地摊去。"说完，武旦旦用手抹了一把泪。武丑丑有一种凄切的感觉，她从武旦旦的举动里似乎看到了母亲谢花花戏里的影子。她记得小时候，武旦旦常常抱着她去村口的戏楼里看母亲装扮的角色。《武典坡》是母亲最拿手的，当年，村里人一个学着一个说："戏班长涕一把泪一把，简直把王宝钏演得死去活来！"然而，不幸的是，武丑丑八岁那年，谢花花在戏中死去以后再也没有活过来。消息传开，乡亲们叫苦连天，本来大伙都指望谢花花能有一天唱到陕西的大团里去，没想到她却早早地顶了阎王爷足下的戏子。谢花花死后的那年，恰逢百年不遇的大旱，整个村庄寸草不生，许多人纷纷逃离。武家父女料理了谢花花的后事后，来到了铁马市，流浪、寄宿、落脚！一晃就是二十年。

武丑丑在一家超市打零工，干的主要是"幕后"活计，比如帮人家装货卸货，她有的是力气；有时候还帮人家去屠宰场拉猪肉，她有的是热情；有时候便帮快餐店的厨师择菜，她有的是耐心。对于武丑丑来说，要什么有什么，可就是没长相。她也渴望能像其他女孩子一样，风风光光地站在前台为顾客服务，说一些欢迎光临之类的话。但是这样的想法她只能埋在心里说给自己听。武丑丑一般只在后门进出，前门顾客多，她怕惊扰了他们。卖场里她也很少去，她的工作范围就在操作间、库房，最远也就在屠宰场。那时候，同事把武丑丑喊武丑丑，关系好的喊她小武或丑丑，至于后来有人喊武家婆，据说还是有由头的。

　　也许是从小受谢花花的熏陶吧，武丑丑特别爱唱秦腔，但通常是一个人在家里像小猪一样哼。武旦旦也是个爱秦腔的人，兴致来了，父女俩穿上戏袍一起唱。那戏袍是谢花花以前用过的，平日里武丑丑将它平平整整地压在箱子底下，只是想念谢花花了才打开看一下。现在，她穿上它，在屋子里对着镜子长时间地发呆。她的双腿好像被什么东西粘在了一起，迈不开，她想唱，但嘴又发不出声来。武旦旦见女儿肝肠寸断的样子，心里也一阵难过，但他强忍着，操起墙上的二胡，为女儿伴奏。音乐一起，武丑丑立刻被导入了角色，她唱的是母亲的拿手戏《武典坡》。唱着唱着，她似乎看见谢花花胳膊上挎着菜篮子，微笑着，从山坡上款款而下，那近似戏里的一招一式，让武丑丑如痴如醉。她想起了跟母亲在一起的日子。记得有一个大冬天，家里穷得实在没什么可吃的，小丑丑在夜里常常被饿醒，这使得谢花花几乎每个晚上得摸黑外出找吃的。可是在那样的年月里，家家都穷得揭不开锅，哪有余出来的口粮啊。谢花花每次空手而归，回来就紧紧搂着丑丑边流泪，边唱王宝钏。由于长期夜里外出受寒，加上饥饿，谢花花从那以后渐渐落下了一身的病。

　　一折戏下来，武旦旦和武丑丑已经泣不成声了。

　　武丑丑有时候在单位上也唱，但这种情景不会太多的。除非她工作的时候忘我了，想谢花花想得实在不行了，情不自禁了，她就唱。一般情况下，武丑丑干不同的活唱不同的戏，相比而言，择菜的时候唱王宝钏的可能性偏大一些。因为择菜时武丑丑会想起谢花花戏里扮王宝钏挎着菜篮子上山挖野菜的情景。

有一个人，让武丑丑从"幕后"走向了"前台"，而且获得了名气，这人就是超市的总经理刘勇。说来有一天，武丑丑正在操作间练嗓子，刘勇进来了。刘勇本是来检查卫生的，走到门口的时候，他就听见有人在里面唱。戏是唱得不错，但他还是很生气的，心想，这是什么场合，竟然有人如此猖狂。可当他一踏进操作间面对武丑丑时，问清缘由时，突然改变了想法，心里开始打起了小算盘。他从武丑丑的身上看到了巨大的商机。第二天，恰逢我们祖国妈妈的生日。铁马市的商家就像一个个百变金刚，往往利用这个日子，使出浑身解数，以博"上帝"（顾客就是上帝嘛）嫣然一笑。武丑丑所在的超市也不例外。那天，刘勇主动找武丑丑谈话。刘勇说，丑丑啊，你的秦腔唱得不错，你想不想到正规的台上唱？武丑丑说，我当然想，做梦都想。刘勇说，那我给你一次机会。武丑丑说，瞧我的牙，我的腰，这么丑，还不把"上帝"给吓跑了。刘勇说，没关系，这正是你的亮点。说完，刘勇就走了，一会儿，他派人给武丑丑送来了行头。武丑丑毫不犹豫地穿上了。她没想那么多，她只想借此寻找谢花花当年戏里的感觉。

戏台就搭建在超市门口。这天，人山人海，原来，刘勇已经把营销广告打出去了。广告词是：武家婆激情上演《武典坡》，大象女悲痛哭诉谢花花。这些武丑丑都不知道。她只知道到时候往那正规的台上一站，和谢花花戏中相会就行了。但刘勇不这么想，他倒希望全场的"火力"集中到武丑丑的身上，以便赢得更好的促销效果，为此，他还派人专门找了一个做工考究的菜篮子。武丑丑挎着篮子上台了，她边走边琢磨：我妈妈和王宝钏从没用过这么好的篮子呢。武丑丑的出现，的确招来了不少好奇的目光。大家都在底下窃窃私语：这就是武家婆啊，这么年轻，噢，牙是有点特别。没错，据说她是被一只大象生出来的。说什么呢，人家长得多丑，但总归有人样儿吧。是啊是啊，不过我听说武家婆的母亲谢花花倒是个美女，可惜哭死了，那泪水啊，哗哗哗的，把戏台就像腌萝卜丁一样地给淹了。你知道为什么他们那地方当年寸草不生了。不知道啊。很简单啊，你想想，谢花花的泪水那么多，而且每一滴泪里又包含了那么多的泪分子，每个泪分子里又包含了那么多的碱分子，好了，碱分子跑到地里对农作物意味着什么，我想你明白吧。噢，我知道了，意味着慢性自杀。大家都闭嘴，瞧，她张嘴了，袍袖也甩起来了……

武丑丑的戏博得了场下观众的阵阵掌声。看到自己的营销策略收到了奇效，刘勇喜笑颜开了，他对身边的秘书小玲说："这是我毕生的杰作，太完美了！"小玲竖起大拇指说："是啊，刘总火眼金睛，实在是高人哪！"说着，就借势给刘勇递过一瓶可乐来。刘勇用暧昧的眼神谢了一下小玲，然后观察起在场的观众来。他看见一个老头蹲在不远处的墙根下，流出的口水洇湿了眼前的一大片水泥地，由于太用劲，眼睛憋鼓鼓的，盯着武丑丑一动不动。刘勇笑了笑，把目光挪开，他又看见一个民工模样的人，嗑着从超市排队买来的特价瓜子哼哼唧唧，可能是太入戏了，全然不顾瓜子壳带着口水在众人的眼前烦人地飞舞，一个老大妈狠狠地瞪了他一眼，见没反应，又噘着嘴把肥胖的身子向后移了一下，试图挤走这个可恶的人。刘勇又笑了笑，满意地摇摇头。突然，他似乎意识到了什么，对身边的小玲说："虽然看戏的人很多，但中老年人就占半数以上，我们得想办法揽一部分年轻人啊！"小玲说："李总说得没错，您就开动一下您聪慧的脑袋吧！"刘勇说："快打电话给月光光歌舞团！"小玲说："明白。"不一会儿，"月光光"们来了，肚脐眼眼露在日光下，像抛媚眼的小眼睛。刘勇指示，让"月光光"们和武丑丑轮流交替上台。铁马市的年轻人听说竟有如此美事，心里觉得像有一只猫在走模特步，痒痒得不得了，于是呼啦一下，像一股股旋风从不同街口卷了上来，眼睛里齐刷刷地放着光电。然而，当轮到武丑丑出场的时候，这些年轻人又呼啦一下迅速撤离，给再次呼啦而来的中老年观众让出地儿来，他们挽着情人的小胳膊，冲向超市肆无忌惮地消费去了。两拨人如此反复，乍一看，超市门口电光与口水交相辉映，如轰轰的雷雨天地。

那天，活动持续了整整一个上午，武丑丑累得真像爬了几道坡一样，但一看到台下那些疯狂的大叔大婶高喊武家婆时，她的心里就有一种说不出的美来，这让她又想起当年谢花花在村子唱戏的情景来。村民们没有更多的娱乐节目，因此平日里看谢花花的戏便成了他们必不可少的一道精神美餐。只要有谢花花的戏，庄稼人都会忙着赶场子，哪怕他们正在田里锄草或在山坡上放驴。武丑丑记得，最动人的情景还是当谢花花唱得涕泪纷纷时，庄稼人往往会挥着锄头高声喊起一套自编的口号来，有时候就跟着戏楼上的谢花花一起唱，一起死去活来。

武丑丑彻底走红了，刘勇看在眼里，喜在心上，在这个节骨眼儿上，他想到了换广告词，于是眉头一皱，一串字排成蛇队从他的脑海深处迈着正步纷至沓来：武家婆——中老年人的精神偶像。很快，这句话在铁马市传开了，而且越来越向日常用语的趋势发展。行色匆匆的上班族相互见了面，你甩一句"武家婆"？他回一句"中老年人的精神偶像"，就算是打了招呼；满脸倦意的民工散了工，回到工棚见了老乡还要强打精神扯起公鸡嗓问一句："武家婆？"而回话的人往往像一块湿木板合在另一块湿木板上，发出嗡嗡的声音："中老年人的精神偶像。"之前有人告诫我们："别跟陌生人说话！"可现在呢，陌生男人撞在公共厕所里，武丑丑的广告词起作用了，你一句我一句，凑到一起点根烟——熟人了；上学的路上也有这种事发生，孩子们不唱青春校园歌谣了，而是拿腔拿调地改唱起了武丑丑的广告词；说来最受影响的还是幼儿园的小朋友，你说那么大点人，阿姨问一句："武家婆是谁啊？"他们还得举起可爱的小手手回答："中老年人的精神偶像耶。"许多家长为此苦不堪言。

起先，武丑丑对于别人喊她武家婆这一点并不介意，她认为"武家婆"就是"武典坡"，后来她才仔细看了看那挂在铁马市各个交通要道口的广告牌，发现此"婆"根本非彼"坡"，这让她很不舒服。而且在那段日子里，不少人把她和武旦旦私下里传为两口子，为此她还找过刘勇。刘勇说，广告词不能改，但你以后可以到前台工作，给你两倍的酬劳，干不干？武丑丑说，不行！我不要面子不要紧，可我爸得要。刘勇说，这样吧，我改变主意，那些谣我出面辟，还给你们父女精神补偿费！武丑丑说，那也不行，我爸已经没有脸面外出摆地摊了，他的工作丢了。刘勇说，这好办，让你爸也到超市来。作为总经理，话说到这个份儿上，武丑丑有点感动了，她说，多谢刘总！刘勇哈哈笑了几声，没说什么，背着手走了。

武旦旦的工作主要是清理卖场内外的垃圾。父女俩在同一单位上班，相互鼓励，相互照顾，在爱说闲话的人眼里，很有点双职工的意思。还有更妙的事，有几次武丑丑干完了前台的活，便去"幕后"帮武旦旦收拾烂菜叶子。据知情者透露：父女俩你提起笤帚当马鞭，我抡起铁铲做大刀，一来二去，在操作间拉起了戏。知情者进一步透露：父女俩唱着唱着就抱在一起哭了，哭完后又开始喝酒。妈呀，知情者叫了一声，武丑丑那对龅牙真厉害！噌的一下插进瓶盖，人家丑丑只轻轻地将头发一甩，噗，啤酒沫子冒出来了。这事本来是保密着的，但后来却被刘勇知道了，你想想，作为一名专业的营销师，这等素材让他给第一手掌握了，瞬息之间便可"点石成金"。在以后的演出中，刘勇就是充分运用了这些"石"，使得他的生意像开花的芝麻——节节高。曾有一段时间里，他把武家父女炒成了杨白劳和喜儿，但是过了半年，人们就对"热剩饭"式的戏失去了兴趣，有一位从陕西来的老大爷曾扬言："三碗豆腐，豆腐三碗的玩意儿谁不会弄，有本事搞点新鲜的瞧瞧！"这位大爷的话我们不能当真，很明显，有挑衅的情绪。不过，这还是让刘勇打了一个寒战，他对秘书小玲说："我们得挖掘新的了，再也不能这样下去了！"小玲搂着刘勇的胖腰说："刘哥你说怎么办？把他们开掉？""那倒不是，"刘勇说，"其实我还是留了一手的，但能否成功我吃不准。"小玲说："我知道刘哥厉害，你不妨说说看？"刘勇冷冷地说，"这你就别问了！"说完转身走出了办公室。这里有个插曲需要播放一下：由于刘勇走得太猛，他的胳膊一甩，小玲没抓住那肥腻的腰，自己失去平衡，也被带到不远的门框上，碰了个鼻青脸肿。

其实刘勇一直琢磨着武丑丑用龅牙起酒瓶的事，他想，等到祖国妈妈再次过生日时得将这个方案抛出去！就这样，又过了半年，好日子终于来了。刘勇先是打了一些抽象得像雾水一样的广告词预了一下热，比如："阿基米德来了！""用牙齿能把地球撬翻的人——武家婆！"等，后来他才打出活动主题：世界首届龅牙拉力赛！而且还印了上万本小册子。

比赛开始了，第一项是快速起啤酒瓶盖。那么多的"龅牙"

出场了，有男有女，有老人有小孩，有肌肉疙瘩腾腾乱跳的，有瘦骨嶙峋风一吹就倒的，但是武丑丑就是没有出场，要知道，她根本不屑于前面那些小耍耍，作为重量级的，她要等到最后"拉磨盘"时才略施小计来他个"神针定海"。很快，那帮人的比赛有了结果，出人意料的是，那个瘦骨嶙峋风一吹就倒的竟然一路杀出，进入总决赛。与此同时，相关他的小册子也火爆印出了。册子讲道：此人生于一个村庄，20世纪发生了一次大地震，全家八口人掉进了地缝，他侥幸活了下来，而且一活就是四十年。他的龅牙不是天生的，而是地震后春笋样长出来的。那牙最大的特点是，呈鹰钩状且带着锋利的齿锯。面对这样的"奇人"，武丑丑心里多少有点忐忑不安。现在，我报道一下比赛进程：第一个半小时，瘦骨嶙峋风一吹就倒拉了212圈，武丑丑拉了200圈；第二个半小时，瘦骨嶙峋风一吹就倒拉了200圈，武丑丑拉了204圈；第三个半小时是决胜局，武丑丑压力很大，所有的人都屏住了呼吸。在观众缘上武丑丑还是占优势的，许多人开始高喊："武家婆，把那盘磨劈翻！"武丑丑边拉磨边腾出半张脸向观众微笑致意，而另外半张脸却显得极为悲切，她想起了小时候跟母亲谢花花在自家破窑里推磨的事来。那时候，没有牲口，她们母女就套用两个磨担，一前一后，围着磨盘一转就是一天，无聊了她们闭着眼睛数数，困乏了就扯开嗓门唱戏，饿了便摘下胳膊上的褡裢掏出干粮啃一口……想起过去的日子，武丑丑心里不由一阵难过，一难过便禁不住哼起了王宝钏，她边哼边拉，越拉越有劲，不知不觉，比赛结束了。她不知道自己是不是赢了，但当刘勇把奖品送到她手中时，她才发现观众都流着眼泪冲她微笑，为她祝福。有那么一瞬间，武丑丑感觉眼前的一切幻化成黑白胶片，定格在了时间以外，她用手比画了一下，发不出声来……

我们铁马街那片全是外来人居住区，脏、乱、差，居民结构很复杂，就像一块蹭不掉的牛皮癣。最近，我听说上面要痛下决心改造了，可以看出，一个个套圈的"拆"字，像印章一样从街头盖到街尾了。这对于铁东人来说无异于往马蜂窝里捅了一竿子，大伙开始议论纷纷了，议题主要围绕拆迁费，也就是说，你开发商不把我们妥善安置好，我们就不搬。事情还是朝好的方向发展，开发商答应给住户补偿并按人头发放生活费，住房让他们外出自行解决。大部分人基本能接受这一点，比如我妈。但仍有部分人赖在原地不走，不过慢慢地，哭够了，闹够了，还是走了。最后，就只剩下武家父女了。挖掘机开到武旦旦家门口的那天，武旦旦正和女儿在屋子里唱《武典坡》。那个开挖掘机的人坐在玻璃圈起来的驾驶室里，边抽烟边对武旦旦说，你出来不出来？不出来我挖走你的房顶。武旦旦不理他，拉他的二胡。武丑丑也不理他，对着镜子发呆。你们出来不出来？不出来我真的挖了，那人说着，就把挖掘机的铁爪子向下伸了一下。屋里没动静。那你们说说，到底有什么要求？那人有点急了。屋里仍没有动静。没办法，那人就开着那块铁疙瘩走了。

第二天，铁马市上空飘起了绵绵阴雨。武家父女爬上了自家的房顶，武丑丑一身戏中人的装扮，在雨中舞起了袍袖，亮开了嗓门。武旦旦骑在房脊上拉二胡，戴着墨镜，很有阿炳的意思。一出戏接着另一出戏。一连好几天，武家父女泡在雨中，而且每次唱得泪水涟涟才肯罢休。他们家的屋底下聚集了乌压压的一大片人。那些人听说开发商因武家没有铁马市的户口而不予以补偿，冒雨围攻起了那个开铁疙瘩的人，指着手跺着脚，不许他伸出"铁爪子"。就这样，足足过了半个月，事情没有一点实质性的进展。有人说，事啥时解决他们就啥时下来。有人说，这么悲伤，看来也不仅仅是为了拆迁的事。有人说，可能是因为刘勇见他们已经没利用价值，把他们赶出了超市的缘故吧。不是因为失业，有人摇摇头说，你们不知道，这父女俩一直活在谢花花的戏中，没看出来？精神明显有问题了！噢，好像是，众人表示认可的头像过了雨的谷穗点个不停……9月24日，我当然记得，武旦旦和武丑丑被开发商请来的几个大汉像扯破帆布一样从房顶上揭了下来。随后，好多人见证了那座房子如何像一头老牛样跪倒在雨中的……再后来，有人看见武家父女相互搀扶着，衣着褴褛，走在铁马市的街道上……

　　三年过去了，我带着随我游走在戈壁滩的母亲重新搬回了铁马市。整修后的铁马街，变得更漂亮了，有十八个公园，我估了一下，每个公园里都不同程度地从镇兰山搬来了一些石头，都不同程度地从黄河岸边淘来了一些细沙，都不同程度地制造了一些啾啾鸟鸣和潺潺水声……现在，铁马街的人们无拘无束地散步、打拳、聊天、谈情、喝酒、下棋，活得像神仙一样！他们哪里记得这里曾经住过一对名噪一时的戏中人呢？

雪域雄鹰和斜眼山羊

> 在我所生活的这个城市里，至少有四种动物：老鹰、兔子、狐狸、狼……我们中的任何人都有可能是它们中的一种……我们最终得到了一小撮安慰性质的面包屑，为此还差点儿丢掉了性命，我申明，这可跟它们单独的接触没有任何干系。
>
> ——铁马寓言

和我一起坚守"都市花园"的民工，苦过了，累过了，恨过了，悲过了，如今他们拍拍屁股，扛着十字镐顶着腊月里的寒风陆续走了。

而斜眼山羊一直待在火车站当搬运工，晚上便改换行头逛歌厅。有几次，我和古格看见他跷着二郎腿坐在"风雅老树"里，给一群小姐不厌其烦地讲他吞下一只红色乳猪的故事："我们家的碎猪拱玉米地时被我大用镢头砸晕了，扔在河沟里，我把它拾回来扒了皮，放在一个烧红的瓦盆里……"像这样的故事山羊多的是，在他彪悍的身上，我深深地体会到了"茹毛饮血"的苍凉。然而作为从雪域高原飞来的雄鹰，古格却对这样的故事嗤之以鼻，他曾经就为此和山羊干过架。

那时候，我和山羊刚从西固来，一路上我提醒过山羊的，头次出远门说话防着点。可是到了工地，事儿还是出了，正当山羊滔滔不绝地讲他关于"猪"的故事时，古格的一只充满雪原色彩的拳头飞了过来。当时，我们几个专心于听故事的民工并没有特别留意那神秘的拳头，结果一阵"海啸"过后，山羊的两颗眼珠子好像被一根无形的橡皮筋牢牢地捆在了一起。

瞧瞧，山羊，瞧瞧，这是几根手指？有人急中生智，伸出一只沾满混凝土的手在山羊眼前晃了晃。一根，山羊歪着头说。不对，再看看。一根，还是一根，山羊固执地说。完了，这个世界在山羊眼里恐怕永远是独"一"无二了。有人叹了一声，拂袖而去。

就这样，山羊成了斜眼山羊了。但目前来看，这并不影响他的视力，也就是说，别人看到的东西，他山羊照样能看得着。虽然在数量上有误差，但"万物归一"，这在山羊看来，至少是上了一个境界。不过有一点让我们称奇，山羊认钞票分文不差。有人做过实验，借了山羊两张百元大钞，还的时候只拿出一张。不对不对，你借我两张一百的，怎么还一张？山羊急了。没办法，这人只好将两张全拿出来。通过这次实验，大家总算看透了，山羊的眼睛是有点斜视，可他并不傻。怎么说呢，他好像有意无意地给周围的人制造着一种"难得糊涂"的假象。

不过山羊的"障眼法"还是有让人破解不了的地方。古格一拳将他的两颗眼珠子焊在了一起，谁都想这小子会复仇的，可是他并不这么做，相反，倒对古格加倍地好了起来。有例为证，一次，我们看见他偷偷地给古格买了一包"凤壶牌"香烟，而且是带嘴儿的，遗憾的是，那香烟一直被古格搁在一堆废报纸上，慢慢地，就积上了一层灰。

其实在工地上，像斜眼山羊和古格这样看似无厘头式的冲突很多，大伙干活累，心情又不好，再加上工钱一直遥遥无期，谁的心里都窝上了闷火。

两年前。

说个"卸磨杀驴"的故事。建了近一年的"都市花园"突然"卸"了"磨"，成了烂尾楼。包工头的悄然消失，让所有还没有拿到工钱的民工成了被杀的"驴"。古格，这个从雪域来的汉子，是第一个站出来说话的，他说，这个乌龟王八蛋，我们掀翻地球也得将他找出来。话音刚落，便有上百号朴实无华的民工积极响应，他们胸中的火，扑哧——被勾了出来。古格狠狠地擦着手掌说，我们现在就分头去找，钱要不回来，就别提回家了。轰，大伙四下散开了。一个月后，额头灰暗的民工们在烂尾楼里重新接头。古格说，既然找不到我们就"守株待兔"吧，兴许有那么一天在这里能逮住包工头。民工们表示赞同，这是最聪明的法子了。

开始，大家还是比较乐观的，花着各自身上仅有的钱，在烂尾楼里吃喝拉撒，可时间一长问题就出来了。钱越来越少的就急着给家里写信，不好意思给家汇报情况的就开始偷街上的自行车，这两件都不干的整天蒙头大睡，斜眼山羊就属于两件都不干的，但他并不睡懒觉，他和若干个小姐素有来往。"我们家的碎猪……"他把这故事翻来覆去地炒给那些歌厅里的人听，时间长了就脱颖而出，成为大家公认的故事大王。斜眼山羊就靠这个吃饭。他去歌厅一般是晚上，白天常待在烂尾楼里操练故事"梗概"。天长日久，我就知道了他正在搞一个"猪"的系列故事。有几个从河南来的小伙子私下里模仿了起来，结果被"风雅老树"里的保安踢了出来。他们只好当面请教斜眼山羊，山羊捋了一下山羊胡子，漫不经心地说："找古格去，给你们也焊个斗鸡眼。"这下河南人明白了，原来山羊已经拿自己的斜眼当王牌打了。可这样的代价还是太高，别的不说，就这"斗鸡眼"，恐怕连讨老婆也困难。即便如此，还是有好事者下工夫跟了斜眼山羊的踪，回来就给我们一五一十地禀报了，说"风雅老树"里的小姐真的对斜眼山羊百般呵护，倒茶、递烟、用叠得平整的卫生纸替山羊擦嘴角的唾沫星子，还有捶背的、揉肩的。那人接着说，晚上的斜眼山羊真他妈的帅呆了，酷毙了，西装笔挺，皮鞋锃亮，头发梳得闪贼光，就连苍蝇趴在上面都眼晕、打滑。

　　话说到这儿，我们的民工中有人拿不住自己，喊了一声狗东西斜眼山羊，真了不起。有人却说，哥们，长话短说，你就拣经典的给咱说说过瘾。那人就接着讲了："最经典的要算山羊喝啤酒了，一般人为走捷路用嘴喝，他却偏不，而是用吸管。""哼，这算什么啊，我在老家还把麦秆插进狗头蜂窝吸蜜水呢？"民工中有人不服气了。

往往这个时候，是大家最易忘掉古格的时候。古格一向对山羊心存芥蒂。大多数时间里，我看见他在烂尾楼下的空地上像一只飞翔中的鹰样盘桓。作为古格的朋友，我想还是安慰一下他为好。可是正当我开口的时候，古格抢先我挑开话头了："我们得想办法搞到钱啊，我阿妈还等我回家用钱呢。"这话我当然理解，谁妈不等着用钱呢。"可是，我们除了守住这跑不掉的庙外，谁又能抓住那光头的和尚呢。"听完这话，古格瞪了我一眼就走开了，显然他对我这种麻木不仁的态度表示不满。此后，一连好几天我没有看到过古格。

有一天，烂尾楼里来了一个背着尿素袋子的妇女，我认得出，这是斜眼山羊的媳妇猫蛋。猫蛋对我说，我家山羊出门一年多了，眼看又要过年了，可这个没良心的，也不给家里捎个信。我说猫蛋，山羊过得很好，但我们的工钱还没有拿到，得等啊。猫蛋问，要等多长时间？我说，说不准，少则几个月，多则几年，等不来，我们都发誓死在这烂尾楼里。猫蛋说，牛儿村的猪得了猪瘟死了，鸡得了鸡瘟死了，现在人又感染上了一种叫甲肝的病，家家户户的门口堆满了草药渣子，呛人的中药味到处飘。猫蛋说，眼下，年轻力壮的都逃到城里去了，村里只剩下老弱病残，没人务家，田里都长满了野蒿。最后，猫蛋说，这样的日子实在不敢耗，这不，我就一路边要饭边往铁马市赶来。我说猫蛋，这事我听说了，据说政府正想办法加紧灭灾呢。不过话说回来，出来也不好，我接着说，现在的人面子冷得跟铁锨背一样，你能要上饭吗？猫蛋说，你说得也是，不过多亏有这个。说着，猫蛋就从尿素袋子里掏出个用红布包着的圆鼓鼓的东西来。这是个小鼓，猫蛋说，我家山羊花费大工夫用一头碎猪的皮做成的，没想到这次出门派上了用场。

要知道，猫蛋人可精着呢，再说了，她可是我们西固那个村子里有名的戏子。曾经唱的"窦娥"冤遍方圆十里八村。那一段时间里，山羊有吃不完的肥肉片子，他的嘴角常流着油水，人们还看到有铁杆戏迷时不时地端着热气腾腾的砂锅去山羊家。"照这样下去，"有人预测，"山羊家年年有余式的生活将不再遥远了。"可这样的美事不是常有，很快，村里的戏班子经费跟不上，就呼啦一下散伙了。几年下来，由于猫蛋"英雄无用武之地"了，他们的生活状况直线下滑，一度落到了牛儿村的最低线。这下山羊慌了，他曾对我说，咱村里为啥有人赶过我了，我观察了一下，总结出一个道理来，不是我家猫蛋不唱《窦娥冤》了，也不是我劳作不够勤快，而是我没有出去打工。瞧人家丁娃快"超英赶美"了，VCD、音响，还有那个收电视节目的"锅"都有了，我要是不出去，恐怕以后只能穿树皮吃草根了……想想山羊以前的这些话，现在面对卖唱卖到铁马市来的猫蛋，我可真有点难过。

我把猫蛋领给了斜眼山羊。山羊一个人住在八楼，乍一想，够奢侈的。可一想到这楼虽然主体已经封顶，内部却一直没有竣工，成为让人痛心的烂尾楼，我们就来气。小两口长时间没见面了，当着我的面就搂在一起咂得嗞嗞响。我是个识趣的人，很快就退了出来。可下到七楼，就听到山羊和猫蛋稀里哗啦地打了起来。我连忙跑上去，见猫蛋指着斜眼山羊骂，"钱没挣上，眼珠子被人给打歪了。"山羊解释道，要不是我这"斗鸡眼"恐怕早就饿死了。猫蛋说："你咋挣钱着呢，家里给逼成那样，你挣的钱呢？"山羊不吭声了。猫蛋见山羊不吭声，就又扑过去撕斜眼山羊的衣服。我走过去将他们拉开，对猫蛋说，你家山羊是个正经人，别疑神疑鬼的，他不就是在蹲烂尾楼的时候抽空去火车站打打零工嘛。是吗，山羊？山羊连忙应道："是啊是啊，打零工人家给的钱太少了，只够我一个人填肚子。"山羊说完，感激地望了我一眼。这事就平息了。

可是，山羊一到晚上照旧去"风雅老树"搞他的"猪"系列故事。现在猫蛋像一把鼻涕沾在他身上，他必须得挤出一部分时间来应付她。比如时不时地买一些劣质化妆品，或是一个好看的塑料发卡，或是一双丝袜等。前两样东西猫蛋还可以半推半就地接受，可那丝袜，起先猫蛋的态度很坚决，说："这玩意儿穿上跟真的肉一样露在外面，我可穿不出去。"山羊说，现在的城里人就时兴这个，你穿上绝对"形体美""有骨感"。山羊这几年在铁马市打工学到了不少时髦词儿，平日里他舍不得用，现在猫蛋来了，没想到给美美地用了一把。女人就是女人，就像一坨沥青，你一旦狠着劲儿烤，她就会变稀变软。话说回来，猫蛋现在就让斜眼山羊给烤稀烤软了，她柔声柔气地说："那你得给我买件裙子噢。"山羊说，能成。

现在，斜眼山羊去歌厅不忘带上那只小鼓。这有两种用途：一是讲故事时可以敲它，以便活跃气氛；二是作为佐证，可以增加故事的真实性，比如"猪"的系列故事中就有一段专门讲了这只小鼓的来历。斜眼山羊说："以前我给你们讲过我把一只红色乳猪用瓦盆煮着吃了，那权当是上集，可是猪皮的下落呢，没告诉你们吧，好，现在我给你们讲中集听。"说完这话，斜眼山羊拿出那只小鼓敲了一下，周围的人赞许了一番，但他们还是不明白这鼓到底能说明什么。斜眼山羊说："这鼓面就是用那乳猪的皮做成的。"哇——小姐们发出了感叹，有几个还伸手去摸那鼓。"我把猪皮扒下来后，在井水中浸泡了三天三夜，这期间我以锯好的白杨木，箍成一个圆形桶，等猪皮泡得差不多了就从井水中捞出来，趁湿蒙在上面，猪皮干后一收缩，鼓面就变得平整而光滑了，瞧，就是现在这个样。"斜眼山羊说着，下意识地摸了一下小鼓。几个小姐禁不住诱惑，又摸了一下，又发了一番感叹。"其实，"斜眼山羊现在讲故事很注重节奏的把握和普通话的使用了，"这只鼓并不是我的代表作，我的代表作是一只用我家猪食槽改成的小船。说来这就涉及下集了。"说到动情处，斜眼山羊就忘掉了普通话："这法子是这么来的，有一天，我从丁娃家的门道子经过时，见人家猪圈门上刻有龙凤呈祥的图画，于是心上默默记下了，回来就打起了自家猪食槽的主意：想将这废品用斧子片一下，用刨子推一下，然后把那画刻在上面，做个小船，绝对是个众人倾慕的稀贵物品。说到做到，很快，这样的工艺品被我给整出来了，没想到丁娃这小子看着眼馋得不行，硬是出五百元钱买走，并摆在了他家的中堂后面，还说是要作为家宝传下去……"

说实在的，猫蛋将小鼓从老家带来，让斜眼山羊的"创作思维"大开，再说了，像干他这行当的，不要说在铁马市，在全世界也是屈指可数的。

一位我认识的小姐曾告诉我，说斜眼山羊的故事讲得真不错，但最吸引人的还是他讲故事时的憨样儿，尤其那"斗鸡眼"一动不动，太逗人了。有时候，故事讲的时间太长了，他的眼里就开始流黄色的脓汁，好多人都同情他，变着花样给他送钱。对于这位小姐的独家见解，我颇有微词，"也不知是谁同情谁呢，你们这些婊子，也不见得有多高贵。"这话是我当着她的面骂给她听的。

古格失踪了一段时间后，突然又出现在了烂尾楼里。他变得难以相处了，很忧郁的样子，渐渐地，我发现他的脸上出现了一种永恒的悲伤的表情，一种包含幻灭、绝望的悲伤。他很少提工钱的事了，甚至脾气也不好起来。鉴于我还是他的朋友，有时候他才不得不停下来问我一声好，但少了以往握手的热情。他开始大量地吞各种精神食粮，没事的时候，就蹲在烂尾楼下的阳光里哗哗哗地翻着报纸。

有一点我很吃惊，古格到底吃什么喝什么？他住在三楼的一个四室三厅两卫的超大户型里，神神秘秘，从不透露自己的生活。有一次，他倒是异常兴奋，站在下跃式结构的房间里，说他找到了"都市花园"包工头的老巢。我说，这可是个好消息。古格说，这事先不要告诉其他民工，我再摸摸底。然而这一摸就是半年，后来他才下出结论：这里住着包工头的一个情人。那怎么办？我问古格。古格说，我自有办法。

三天后，我被邀去古格的四室三厅两卫做客。一进门，我就大吃了一惊，古格喝着高级洋酒，抽着高级香烟，听着高级音响放出的曲子。我问，古格，这是从哪弄来的？古格得意地告诉我，包工头家借来的。啊？你抢人啦？什么抢……话别说得那么难听好不好，反正都是不义之财，是借而已。是啊，古格的话倒给了我启示，我们辛辛苦苦地把楼盖好，享用就别提了，可到头来为什么连工钱都拿不上呢？

那天，我破天荒地享受着包工头级别的美好生活，还听到了古格讲给我的几个不同于斜眼山羊式的小故事。

古格去包工头情人家的时候，那病态的女人还在睡懒觉，古格坐在沙发上，跷着二郎腿，开诚布公地说，老板欠了我们的工钱，我们现在打算要搬他的东西了，你没意见吧？那女的说，他欠你们的，关我屁事？呵，你还嘴硬，嗵！古格一拳上去，那女人嘴上就冒黑血了。这别墅、这家具、这放曲子的玩意儿，是不是那老板买的？是，是，病态女人老实多了，古格临走前，她还炒了几个菜，说了一些讨好的话。古格说："寻不到老板，我们还找你。"那女人哭丧着脸说："老板去哪了，我也不知道。"那天，她眼巴巴地瞅着古格将值钱的东西一件件地搬上车，然后凄然地转身进了别墅。

讲完这个，古格的语调变得舒缓了，沉重了，他接着又说起了他们家族的事。

原来，古格三年前从尼木河谷来，用古格自己的话说："经过麻江，穿越高山牧场，转入逼仄的山岭，踏上一片椭圆形的平原，搭驴车，爬火车，一路颠簸，磕磕绊绊，才赶到了铁马市。"

古格的家在唐古拉山下的一个"油盆"里，那"油盆"的意思是，土地肥沃，至于有没有油，古格说，那就不一定了，但是，"油盆"下面有雪水。古格说这话的时候躺在包工头的皮沙发上，一条没有皮面的被子，破网一样罩在他的腿上。那被子是他自己的。他的脸有点水肿，嘴唇干裂，有道道血丝。古格说，小时候我有过这样的经历，和妈妈打井，打出了掺着雪渣的水。当时，我垂暮的奶奶坐在小屋的一个阴暗的角落里，她怪异的女性嗓音一下子揪住了我："你们动了圣山的血啊！"为免遭麻烦，我和妈妈当即填掉了那口井。三天后，奶奶摇着转经筒去圣山朝拜，再也没有回来……

借这次深谈的机会，我又问古格，你为什么那么讨厌山羊？古格说，很简单，他的"猪"故事……嗬，竟然还吃一头死掉的猪……我简直无法忍受这种怪异本性的张扬。我说，那有什么，人嘛，逼急了啥都可以干，只要活着就行。古格却说，我们藏人有自己的原则，饿死了馋死了，不该吃的就是不吃。同样的理，我把活干了，工钱就是我的，我非得拿上不可。我说，其实山羊这人的个性你又不是不知道，再说山里人出远门，免不了低三下四。我不懂，古格愤愤地说，与其那样还不如死了算了。显然，他不赞同我的观点。

关于工钱，我们找过各种部门，人家总说马上解决马上解决，可多少个马上过去了，问题始终悬而未决。都三年了，我们的民工蹲在烂尾楼里，一个个像变异物种，这样的后果，谁能负得了？事到如今，他们不得不返乡了。他们带着对这个城市的怨恨，拍拍屁股，走了。他们一声不吭，咳嗽也很小心，甚至连落满灰尘的衣服也不抖一下就走了。我相信，他们大多数人回家了，有父母、有老婆、有孩子，他们也该回去了啊。但有一部分民工，他们本来抱着各种美丽的幻想来这个城市的，可是现实给了他们冷酷的一面。他们不想看到父老乡亲那热切期盼而后又失落的眼神，于是，把手颤巍巍地伸向了铁马市人的口袋，我们真不忍心看到，从此等待他们的便是——遥遥不归路。

现在，烂尾楼里只剩下我和古格了。

古格的身体相当差，时常肚子疼得直打滚，我想可能是吃了乱七八糟的东西吧，所以，当务之急还是往医院送为好。于是，我抱着最后一点希望去找斜眼山羊帮忙。山羊明白了我的来由后，当即掏出几百元钱。他愿意随我一起照看古格。他的举动着实让我吃惊。

古格是急性阑尾炎，得马上动手术。我瞅瞅斜眼山羊，山羊说，看什么看，救人要紧。这下我彻底明白了，山羊真的不会疼惜花多少钱了。想到这一点，我的动作竟然出奇的利索。

手术很成功。我心里悬着的一块石头总算落下了，心想，古格这下肯定会感谢山羊的。然而，我们这等人实在是太低估古格了，这个从雪原上飞来的雄鹰，真是不简单，他自始至终不肯开口"谢恩"，更可气的是，刚一出院就连人带影没了。

几天后，我们听到了一个震撼全城的消息，古格为讨工钱爬上了离地面约 30 米高的塔吊。我和斜眼山羊赶到现场的时候，古格正站在塔吊的顶端，迎着凛冽的朔风冲着下面的民警和劳动监察大队的人员喊道："快让我们的老板出来，要不然我就跳下去了。""啊，古格，你千万要冷静啊。"我仰着脖子大喊。古格回我的话了："我说过的，是我的钱我非拿上不可，否则我就死给你们看！"这话感染了斜眼山羊，他说："古格，你这话真让我惭愧，好，我也上来。"听到有人还想往上爬，一个小个子警察眼疾手快，扑过来扭住了斜眼山羊的胳膊。我不懂得擒拿格斗，不过依我看，那警察耍了个鹞子翻身的动作。我想，为抓斜眼山羊这号人搞这么大的动作，实在不值。

其实古格的这一招还真是不错，那个被我们所恨的包工头战战兢兢地来了。他的身后还跟了一位好像更大的官。这官是个大胖子，他的腰从脖子以下的地方就开始了。大胖子官使了个眼色，包工头就冲着古格说："你快下来，我马上给你写保证书，当场给钱。""不！"古格将话像生铁块样冷冷地抛了下来，"你们搞清楚，不是给我一个人，而是给所有曾经守在烂尾楼里的民工。""没错。"大胖子官发话了，"你随便去哪打听打听，我陈老三说话一向是站得住杆子的。"

然而，正当我和山羊困惑于事情的一些细微末梢时，我的眼前突然有了一种幻觉：古格发出了一串笑声，随后像一只雄鹰俯冲而下……他的笑似是从高山之巅发出的最兴奋、最凶猛、最有胜利感的一种狞笑，可他的脸，又是那么平静，且带着一种神圣而典雅的风度……

斜眼山羊靠近我的肩膀，他像个孩子咬着我的肩头说："我想古格也该像一只真正的山鹰一样飞翔起来了……羡慕啊。"我有点触动，忍不住回头，突然发现山羊的斜眼仁像一对病恹恹的烂杏，流着黄色的脓汁，那一刻，我的心头似有一团凝滞的阴云瞬息压过。

致我铁马的青春轶事

白 露

这天，我低头坐在石凳上，正推敲着刚从灵感中得到的几句诗，突然有人拍了拍我的背。结果，长话短说，我看见了豆红。旁边还偎着个肥胖的女人，像只笃诚的大鸟。我哎哟了半天，正准备着将自己从惊骇与狂喜里挣脱时，豆红就伸出了大手与我相握。

呵，真想不到会在这里碰到你。我激动地说，心想，但愿能弄到酒喝或讨一点零花钱。

"是啊，十年了吧。"豆红叹道。听他这样的口气，我就有点伤感了。本来是想好说另外一句的，但瞥了瞥那"大鸟"几眼后却冷冷地说，混得不错嘛。

噢，对了，现在还写吗？突然，他俯下身子一脸坏笑地问我，那神情很邪劲儿。

写倒是写，我说，只是过得有点潦倒，你呢？

半晌，豆红没接我的茬，左顾右盼，装窘。突然，他收紧了脸，朝身后甩了个眼色，那女人就噘着大嘴走开了。

好啦，兄弟，豆红说，现在我们可以胡吹乱侃了。说完，他搂着我的脖子向前走去。

我们是在铁马市。

初春，阳光暖烘烘的，我怎么走似乎总不赶不上豆红的步子。这小子本来就长得高大结实，腿子奇长，我得承认这一点。他领我进了一家叫"梦归黄河"的酒楼，可以看出，这里的人都喜欢拿黄河做文章。自古以来，黄河从铁马市人的脚踝边缓缓流过，滋养了他们骨子里的灵气。这里有鲜甜甘润的大红枣，往外面走，当地人贴上"黄河牌"，便可一路风雨无阻了。当然，他们还可以用黄河水酿造枸杞酒。这些年来，铁马市人更是煞费心机，他们将古老传统与时尚旅游结合在一起，把那些吹得鼓鼓囊囊的羊皮做成筏子往黄河岸上顺手一摊，名曰"黄河大漂流"，可真吸引了那么多的不同肤色、不同口音的人来冒险。更要命的是，在防风治沙方面，铁马市人竟惊动了联合国。

豆红就是在肥沃的铁马市大地上发了财，但他和我都是铁马坪人。我们那里穷得旱地里拔毛还得仗着老天爷的脸色。说来这小子还是我的初中同学，所以有关我们之间的故事还得回溯到十年前。

小 寒

20 世纪 90 年代初，我考进了铁中，这是一座新中国成立前就存在的学校。我父亲也在这里度过他的激情岁月。那时候，铁中没现在这么牛，很寒酸。可现在不同了，省上拨款，教学楼、实验楼、职工楼、宿舍楼一栋栋起来了。说实在的，作为从偏远乡村来的穷学生，能进这样的学校的确是我祖上八辈子修来的福分。

那年开学的时候，父亲执意要送我。其实我已经十五岁了。不过头次上铁马坪内心倒有点恐慌，但更多的是好奇。我们来得太早了，父亲就领我上街。真是美妙，那天，我尝到了世界上第一口沁人心脾的冰棍。

带我去班主任处报到的是豆红。他给我最初的印象并不深。后来，知道他叫豆红的时候，我们竟然是同桌了。然而，我们的不愉快就此发生了。事情还得这样讲。起先，我在班里很孤独，通常看着那些漂亮白净的城里同学发呆。他们大声地谈话活泼地走动，我觉得就是对我的一种伤害。渐渐地，我不能容忍这些了，但也不能说他们什么。因此，我很快将自己孤立于一种寂寞、封闭的心绪之中。可是伤害却像无孔不入的虫子时时折磨着我，直到有一天上体育课。按学校的要求，体育课必须要穿白球鞋的，可唯独我没有。然而事情糟就糟在豆红上。这小子是积极分子，嘴长。他是第一个发现我的情况并向体育老师扯着火鸡嗓报告的。就这样，事情被披露了。哗，同学们一下子像层燥热的蛇皮从我周身褪去了。顿时，我沮丧极了，恨不得将脚上那双丑陋的鞋飞脚甩出地球。那是一双既破又烂的黄胶鞋，还是父亲以前用过的。

"张大林，怎么回事？"体育老师问道。我一言不发，梗着脖子怒视着豆红。现在，这家伙开始说着可耻的笑话在人群中很夸张地走动着。我恨死他了，冲上去，在狂乱中狠命地踩着他那雪白的"回力"牌鞋。一时间，我和豆红打作一团，在尘土石灰煤渣飞扬的操场上滚来滚去……

关于那次恶战，说实在的，在我以后的好多年来，让我时时难忘。以至今天，我仍不忘那个阳光灿烂的操场。

后来的故事，便与一位城里女孩有关。其实几年以前，我就有写写树琴和豆红的念头，但一直未动笔。说真的，我始终苦于找不到一个简易可行的切入点。更要命的是，树琴，这个了不起的女子从未真正爱过我，她竟然与豆红在乱石、荒草、沙坑、游狗混杂的葫芦河畔厮混。

我的醋意就此发生了，要知道，树琴爱的应该是我，而不是他豆红。于是，在一个晚自习，我冲着豆红恶狠狠地挑明了话题。我不明白你什么意思，豆红听后一脸茫然。嘿，这小子是个天才，在演戏方面。别装啦。我都看见了，我说。哈哈，看到了又能怎样，豆红极为傲慢地回道。我强压着心头的怒火，说树琴给我送了一双白球鞋，难道给你也……什么球不球的，反正我亲了她，而你呢？癞蛤蟆想吃天鹅肉，也不撒泡尿照照。我终于被豆红再次激怒了，顺手抓起课桌上的红墨水瓶向他摔去。砰！瓶子在他的脸上爆开了，鲜浓的"血瓣"开始顺着他的脸颊突突突地往下流。这时有人提议将豆红送往医务室，一时间，涌上一群男女学生来，差不多都是自告奋勇式的，其中树琴，在我看来她至少奉献了一个胳膊肘子另加半个肩膀。这的确让我悲哀，更让人受不了的是，树琴她竟然透过人缝快速地剜了我一眼，并大声地咆哮道：我没想到你是这种人。这声音洗练、凌乱，令我刺骨的寒冷。

惊　蛰

初二的时候，我蛮荒的思想里竟然萌生了写诗的念头。我认为，写诗就是上山拾柴，只要肯留心，遍野都是。豆红很赞赏我的观点，并时时用近似狂想的行为演绎、发挥、引申着我的诗歌。我得感谢他，我的诗首先就是通过他而发表在校刊上的，当然也发表在了树琴的身子里，其间不乏代表性的。然而有一首，我记得很清楚，在一次元旦晚会上，豆红用他那粗犷健美的喉咙展示了它的全部凄美。我至今还能背出其中的几句：……小城麦子　血肉四溢 / 风雨中　那些会飞的思想　在我看来是不会飞的 / 它的哪一点动了呢 / 小城麦子　中国校园里最白面的书生　赎掉性命换块田地养个青春好女子 / 小城麦子不出穗　专出情诗　后果不堪设想……说真的，像这样一首没有舌头的大闹钟似的诗，实实在在出自我的手笔，然而豆红却把它用来赚女生的掌声。一时间，整个铁中就这样为我们癫狂着。可是好景不长，我们的诗很快被校领导封杀了。

接下来的是，为了表示对校方的强烈不满，豆红居然做出了一个超人之举。先从出事的前一天说起吧。那天中午，我在操场上跑了几个来回。由于剧烈运动，心情多少变得开朗了，食欲也增加了。我在学校的食堂里饱餐了一顿，完了就往图书馆走去，不想在路上碰到了树琴。她一个人很伤感地走着，远远地看见我，便掉头朝另一个方向走去。一年了，还在生我的气！我紧追了上去，一把拉住她的手。可她却不容我分解，甩掉手，就匆匆地走开了。我被晾在了风中，一时间，思绪便翩然而来。

……那还是第一次和豆红恶战后不久。有一个双休日的晚上，我在宿舍的窗口前对着那片梨树林茫然注视。我悲伤极了，眼前一会儿闪出乡村清香的麦地，一会儿闪出我家牛棚里光洁的月光……后来，我抱着混乱不堪的思想走了出去。校园里静极了。我靠近那片林子，忽然，听到身后有人在轻轻喊我，回头，却看见树琴朝我走来。怎么，一个人在这里发呆，现在还疼吗？树琴说着便上来摸我脸上的伤口，那是豆红留给我的。我下意识地躲了一下，像条受惊的鱼儿。她扑哧笑了，摇摇头，然后从腋下抽出个白色塑料袋来。给，穿上吧。说着便往我怀里一塞，然后就转身跑开了。爹啊娘啊！我心里大呼一声，好久，耳边依然响着树琴的哝哝细语。自那以后，我就认为树琴爱上我了，要不她不会平白无故地送我白球鞋的……

这天的周会其实是批判会。首先，班主任振振有词地宣读了学校对我和豆红的处分：留校察看。然后就大骂特骂而且引经据典。中途，豆红甩掉书本大步地走出了教室，当时班主任的脸色难堪极了。有好几个同学还偷偷做着鬼脸鼓动着我，可我哪有勇气啊！

第二天，事情就出了。消息是树琴告诉我的，当时我正躺在操场的墙根下沐着日光。是真的吗？我有点兴奋，迅速合上书，跳起来就拉着树琴朝梨树园奔去。可树琴显然极不适应如此没命地跑动。她胸部的两个圆鼓鼓的活物忙不迭地抖着，有一种欲望。我们几乎听不到两人的脚步声，只是当踩上校园里火红的树叶时，才会发出嚓嚓的声响。一路上，我迎来了许多热辣辣的目光，像迎着一片辉煌、典雅的麦田，这正是我所期望的。我们从食堂门前绕过时，做饭的朱大师掌着勺愣头愣脑地瞅了我半天，那夜猫子的神态似乎在说，呀，大林，你多像城里人啊！朱大师和我同一个村，是个杀猪的屠夫。贫嘴。我相信，在不久的将来，我的这次伟大的"艳事"会在我们村里沸水样滚开的。现在，有好多人一窝蜂似的向不远处的梨树园奔去，速度快得惊人。

对于别人，豆红爬上那棵足有两层楼那么高的树绝对是个意外。可我了解这小子，他不会往下傻飘的。他之所以猴那么高并以绝食相威胁，目的只有一个，那就是逼出豆大红来。豆大红是学校校长，我和豆红的处分就是他在师生大会上宣读的。真是虎毒食子。

其实，豆红一直耿耿于怀于豆大红把刘娟给"放"了风筝了。也就是说，刘娟飞了。打架是他们的家常便饭，吵嘴是他们的夜生活，有一次，豆红对我这样说。他还说，我母亲那天走的时候没有带任何衣服或其他行李，这证明她还有五里一徘徊的可能。可是我的父亲不但不拽她一下，而且还吼了一声"滚蛋！"这样最终让一个贩土豆和大蒜的生意人捡走了我母亲这只风筝。那时我只有十岁。

看来这豆氏父子之间是积怨甚深的喽。那么，豆大红今天会来吗？这是校园事件，又不是家务，他能不来吗？有人嘟哝了一句，我回头一看，是王大拴，我们的班长，演过《欧也妮·葛朗台》的话剧后，我们都叫他葛朗台。他说话时骑在另一棵极矮小的树上，把自己故意扮成高仓健式的冷酷。可与高高在上的豆红相比，那太微不足道了。

豆红，快下来呀！有什么想不开的？树琴仰着脖子大喊了一会儿，又摇着我的胳膊央求道："大林，快帮帮忙，豆红和你关系最好，你劝劝他吧。"说真的，我有点幸福得发晕，但我没有吭声，心里只有窃喜，一边想，你树琴是个什么东西，一边又在心里千万次地喊，豆红别下来啊。下来我们精心打造的诗意全消解啦。豆红就是不下来，他要是下来，那他就不是豆红了。林子里，好多人扯着喉咙齐声高呼着豆红的名字，似乎不如此卖力这小子就要即刻踩着星星点点的梨树叶子翩然飞走了似的。后来，校领导们来了，班主任也似浑水里的鱼样混在其中。唯独豆大红没有来。嘿！瞧我们的副校长，戴着墨镜像条蛇。他一刻也不停地抚着微凸的肚皮，这表明他疯狂地爱着自己。他望着冥冥的梨园上空，只说了句寡淡无味的话后，就闷闷地走了。是啊！下来吧，有事好好商量嘛。班主任也凑了上来，踮着脚假惺惺地往树缝里瞅。其实谁也看不到豆红的，叶子那么密。这是第一天，人们没能把豆红请下来，这小子成仙了，给校园罩上了一层神秘色彩。一直到第三天，就很少有人候在林子里了。我和树琴急了，想，这小子是不是饿死了，于是我有了爬上树打探的念头，树琴在一旁也拼死拼活地怂恿我。但我还是被一种莫名的恐惧镇住了，因为我突然想起了那一件件荡在校园里的谣传。

第四天晚上，树琴便拉着我去林子里给豆红送吃的。我把食物放在树杈上悄声地喊，豆红，我是张大林，你还活着吗？树琴也喊，我是树琴啊，我们给你送吃的啦。好一会儿，树上传来了豆红幽幽的声音，我还活着——东西就挂在那儿——我还要坚持几天呢。树琴问，你一个人不怕吗？听说这棵古树上挂的吊死鬼不下几十个呀。我不怕，我还和林玉姝喝酒吃狗肉呢，豆红回道。说来林玉姝可是我们这一带传说中的大美人，是上百年前的事吧。那时候，我们铁中这块地皮属于一家传说中的大户人，林玉姝就是这家的千金，可惜红颜薄命，最终殉情于这棵树上。

紧接着，树琴提了一个让人翻肠倒胃的王八问题，竟然逗笑了我。她说豆红啊，好几天了怎么没看到你往下拉屎撒尿？难道你真绝食？豆红在上面说，我早有准备，20只塑料袋一字排开全挂在我伸手可触的地方啦。原来豆红这几天一直以梨充饥。看来这家伙名义上很强烈地绝食，暗地里一点也不亏待自己。不过豆红最终还是下来了，是豆大红一个星期后请下来的。请下来后就有人说话了，说豆红是豆大红在树下烧香磕头拜下来的。关于这个，我不想多提了，我要说的是，豆红白了，瘦了，酷！还有，让我吃惊的是，他上唇密密麻麻地生出了一层黑黑的绒毛，说起话声音更有一种磁性。妈的，他越来越像男人了，怪不得树琴那么爱他。我自卑极了，回想这几年来在发育上没有一点儿里程碑式的进展，失败哪。

谷 雨

1995年，铁马坪大旱，麦子在发烫的黄土里像棕色的马毛，看不到一丝希望。那一年的暑假，我家里出了件大事，我妹妹上山挖野菜的时候被毒蛇咬死了。我记得很清楚，妹妹躺在麦草上，我们一家人围着她哭，第二天，我们就用一张席子将她埋了。这件事深深地触痛了我，但秋后还是忍着巨大的悲痛走进了校园。初三了，我不能让父母因为我而一再崩溃。

新学年的第一个周六的晚上，豆红提着几瓶啤酒来我宿舍，问我喝不喝。我摇摇头，眼睛始终在一个不规则的几何图形上呆滞着。很好喝的，这玩意儿可以解百愁，豆红看穿了我的反常。我抬起了头，眼睛陡然一亮。嘿嘿，豆红咧嘴一笑，酒瓶就被起开了。我闻到了一股诱人的酒香后，心里着实潮热难耐。可以这样说，我几乎是从豆红的手里抢过了那瓶酒，仰起脖子咕咕咕地往下灌了。顷刻，有生以来，我头一次感觉到了酒在我身子里胡乱踢腾着。豆红指着我的鼻子说，大林，你小子醉了。我说，是吗，原来醉了就是这样，紧接着，还说了很多。我说我那么喜欢树琴，你为什么不让给我，太自私了，太残忍了，明明不喜欢人家，干吗一个人独霸着，这不是耍人嘛。豆红喝得比我多，他晃着酒瓶回道，兄弟，不是我残忍，而是她太痴情了。女人这东西不能硬着来，与其伤害她，还不如顺着她。再说了，她不喜欢你我也没办法，难道还要让我一边跟她亲热，一边劝她嫁给你。

其实豆红说得倒也是，我的理智还不至于被狗吃尽吧。再说我们已经是很好的朋友了。我深知，这一切均是诗歌使然，包括豆红的那次树上事件。豆红是个很傲骄的人，一切赋予激情的东西都可以让他耽于狂想或走上极端。然而，他所幸所不幸地遇上了我，更要命是遇上了诗歌。尤其在这个贫困的山区，在这个散发着青春气息的校园里，任何人都强烈渴望被诗歌搞得一塌糊涂，直至毁灭。

那天晚上，我们一直聊到深夜，然后才迷迷瞪瞪地睡了。梦中，我见到了我的妹妹，她赤着脚丫在光秃秃的山梁上喊哥哥……一条粗壮的黑蛇吐着芯子冲着她那可爱小巧的脚趾，然后像一条墨色的火龙，消失了……

芒　种

"梦归黄河"里响着船夫拉纤的号子声，有意思的是，还有
匀匀的流水声，是从吧台前的那棵假枣树上传来的。树下盘踞着
一台碾子，上面堆放着几串打成辫的老玉米棒子，既显得上心有
意，又显得漫不经心。墙上还挂有几则发黄的毛主席语录，几穗
零乱的稻谷。铁马市人真是聪明，把这些老土的东西也搬进了酒
楼。豆红见我对这家酒楼的奇特设置佩服不已，就有点得意了。
他把玩着手里的高脚杯，装出一副奇怪而生厌的神态，说瞧瞧吧，
这就是诗歌，散发着商业时尚气息的大古大美，哪像你这种人，
老用脚后跟思考是永远跑不到别人前头的。他边说边呷了一口啤
酒，脸上倏地闪过一丝嘲弄，似乎表明他对此类事情绝对是轻车
熟路，或根本不屑用语言表达。

你是看不起我？我内心有点不平。

我可没这个意思啊！豆红说，我只是对一味不用脑子写诗的
人有看法。他们清高、虚伪、抱残守缺，却视诗为至尊无上，但
是他们怎么就忽略了诗也是生活，也是行为本身的事实呢。要知
道，人的一切行为都是诗的行为。那些平庸的人只能书写平庸的
诗句，真正的好诗是在生命的道上勇于攀登并着眼现实的人书写
的。你不是说过写诗就是上山拾柴吗？这话倒很经典。可是这么

多年来你达到弯腰吃草屈身拾柴的程度了吗？不，你永远做不到，他接着说，你的诗始终是高空虚假的怪物。在你们这群人里，没有谁会懂得拿诗去挖掘诗，更不懂得拿诗挖掘生活。你们只知道诗就是用笔在方格纸上写出来的，或在键盘上敲出来的。仅此而已。

我惊讶于豆红的言论之中。这小子狠狠地撩动了我内心最隐秘的部位。

什么叫上山拾柴，懂吗？告诉你，这永远是一种现在时态。比如，我们现在面对面地谈话，加之这氛围这背景，包括你现在的心跳和我拿酒杯的造型，以及其他一切被我们忽略的，都是作为诗的肌体存在着。而我们俩呢，作为生存的主体在干什么，在书写诗的文本形式啊，很平和，很激动，也很失落地写着——瞧，多彩而诡秘的时光在变幻不定的空间内无序地穿梭着，我们作为生命长途中暂且的游吟者，只感觉消受眼前生活的美，什么怀旧、展望，在这样的时态里，都他娘的滚蛋。豆红接着讲，在当代社会中，为什么某些所谓文明的人在空着腹玩倒立的先锋艺术时，怎么就想不到这种根本没有诗意的怪异习性是否具有可行性呢？要知道，我们不仅仅在活着，更重要的是，想着如何更好地活下去。可你们这些人——不是大喜，就是大悲……

豆红又呷了一口酒，酒杯陡然空落了许多，我连忙递上酒瓶。他冲我点了点头，然后就讲起了他过去十年的故事……

原来豆红初中毕业以后就去另一所学校上高中了，从那以后，我们再也没有见面。以致后来他考进了一所东北的农业大学，我都不知道。按豆红的说法，大学的那几年里，他才把诗与现实生活紧密地连在了一起。豆红还说了，自他上大学以后，豆大红就重新组建了一个家庭，断了他的经济来源，这就使得他不得不一边上学，一边打工挣钱。

来到铁马市的豆红到底是实际了，他瞄准了这里的天时地利人和，利用自己在大学里学到的知识，做起了羊生意。这里的羊吃甘草饮黄河水，肉一点也不膻气，前景很好。不过，豆红自有他的打算，他想让自己的生意在一条线上永不言疲地流动起来，并兼用全套开花的策略冲击市场。

2002年，豆红从新西兰、英国、南非等地引进名贵种羊，又从山东引进了3万只小尾寒羊，通过兴建良种羊繁育、商品羊养殖、清真绿色肉羊加工、饲草种植加工四大基地和各种服务中心，完成了产业链的优化布局。第二年，他又以豆红集团的名义与某科技大学经过多次交涉，达成以八百多万只肉羊的若干个精肉项目为基础，共同开发羊胴体分割，精肉加工，特色风味羊肉制品深加工等开发项目……

豆红发了，这小子仅仅27岁就成了本省区私营企业的龙头人物。说到他的成功，豆红告诉我：我的秘诀就在于诗般的生活，勇敢地创新。也许是十年前八年前，我还认为自己是个纯粹的艺术家呢，可现在我再也不这么愚蠢地想了。

秋 分

几乎一整天，我们泡在"梦归黄河"里，听着豆红的传奇我倒有一种罪恶感。虽然嘴上一个劲地鼓吹着诗歌，但内心却像一坨坚硬无比的苦茶，绽开了它那绿色的伤痕……

初中毕业以后我没能上高中，直接考取了一所外地邮电中专学校，在那里，消磨了四年大好时光。之后，19 岁那年我到了铁马市，开始走向了遥遥无期的谋职之路。找对口专业的工作很难，再说现在哪有丁是丁卯是卯的事儿？后来，我就跟了一位浙江的油漆师傅，整整当了半年的帮手。工钱不错，但活也十分了得，累就不说，脑袋给稀释剂熏得像软胶木塞。收工后，就在房东老太太家蹭饭，完了还得装模作样地逗逗那小狗讨老人家高兴高兴，然后回到自己房间，拧开台灯强打着精神啃叶赛宁。那段时间里，我思想里没有赚钱，一旦蹭饱了肚子，就一心打造诗歌。

我的房子是一位朋友替我物色的。交通虽有些不便，但绝对捡来的便宜。这块地皮听说已被某开发商圈定了，不过现在还好，周围的麦田仍旧一派好景象，一到晚上，蹭人家饭的我还可以唤上房东的小狗外出听那碎人心肺的蛙声。那狗倒不怎么可爱，一见人就汪汪，我还纳闷，老太太怎么就把遗嘱写给了这只小杂毛呢？有一天，老太太突然死去了，我刚一踏进院门，见八九个男女围着棺材吵得烟呛，并冲着那可怜的狗指手画脚。我再也无心住下去了。然而悲切之际，我想起了我那困守在铁马坪的父母。

毕业后，父亲曾给我来过一次信，说今年的雨水不错，麦田喝得饱饱的，麦子长势很好。父亲还提醒我，在外面注意身体，别亏了自己。另外，还说了妈妈都很好之类的话。母亲是我一向担心的，尤其自妹妹死后她的身体很差。要不是我隐瞒现实的话，父亲绝不愿看到我目前的状态。他早些年就反对我写诗歌，希望我尽快调整心态，好好地利索地活下去。

父亲曾是位诗人，也是位画家，20世纪六七十年代他是全铁马公社里唯一的秀才。那时候，他经常提着画笔在村头地尾画毛主席挥手喊"人民万岁"的画像，很牛的。后来呢，竟被一位姓柳的公社书记瞅上了，直接将他提拔做公社文员了，确切地说，做了公家人了。然而在我的记忆里，父亲却一直愣愣地守在麦田里，母亲不敢过问，别人更不敢。20世纪80年代，父亲突然亢奋起来，一度成为引人注目的农民诗人，可惜后来就渐渐歇手了。我想，这样一位对艺术有着特殊情感的人，怎么会力斥自己的儿子呢？

从油漆工到"木林森"书店店员，之间我还干过好多种活，但都不长久。原因杂七杂八，但归纳起来不外乎两点：一是身体瘦弱矮小，相貌平平还戴副深度眼镜；二是干活时心不在焉，老写什么狗屁诗歌。在书店上班尽管有时候寂寞难耐，但基本还是活得蛮有趣味的，就像一只小鸟照看农民在田里干活一样，每天将自己弄得充实，尽量不留悲哀的机会。

现在我要说，我这人长这么大，几乎都是在写诗和臆想女人的日子里度过的。你们也别笑我啊，"木林森"里没有美女，这的确让我苦恼不已。然而，真是个奇妙的日子，有一天我竟然想起了树琴。于是，我试着按以前的电话拨过去，一片忙音，又写了封情意绵绵的长信，依然没有回音。这使得我想到了豆红，为此我还专门跑了趟铁马市，在那里，眉毛胡子乱抓了一通，也毫无结果……

霜　降

然而我万万没想到，树琴那时候已死去了，这消息还是今天豆红告诉我的。

豆红将微颤的上唇浸在倾斜的酒水里，从我的角度看，那唇就有点夸张了。他说了，大概是五年前吧，我回到铁马坪见到过树琴，当时她就已经住院了。听到消息后，我跑遍了大半个县城买到了一束鲜花和几样补品。好在她还算不得临终，当我推开病房时她只是昏昏沉睡。她的父亲安静地守在旁边，见我进去便把耳朵凑近她的脸，示意我稍等。我挨着窗前的一把藤椅坐了下去。午后柔和的阳光洒满房间，医院里那特有的味儿热烘烘地发酵开来，我捂着鼻子打了一个喷嚏。树琴的父亲冲我笑了笑，我倒有点不安。

金秋十月，实在是不胜凄切的时节。病房外面的院子里，几个孩子在玩丢沙包的游戏。后来，我看见沙包藏进了一堆枯叶，孩子们却怎么也找不着了。我走了出去，他们却一溜烟不见了。我又折身回到病房，树琴醒了。她翕动着干燥的双唇，想对我说什么，我赶紧迎了上去。能亲亲我吗？她的眼里闪着一种祈求的光芒。我俯身吻了她光洁的额头，多么熟悉的气息啊！我不禁潸然泪下。她看到我流泪了，便微微摆下头，仿佛说现在可以走了。

那天，我一直看着她一点点地死去，以至到最后僵硬在那里时，我仍不敢相信那是真的。病房里静得可怕，像一座深陷的坟墓。那一刻，我似乎听到了莎士比亚笔下那句渗着血滴的台词：这些鲜花替你铺盖的新床；惨啊，一条娇红永委沙尘，我要用沉痛的热泪淋淋，和着香水浇灌你的芳坟；夜夜到你墓前散花哀泣……深爱我的"朱丽叶"就这样被病魔拖走了。然而这个和我一起长大以至懵懵懂懂恋我的女孩，再也不会回到那个美好的校园里了。如今想想，这竟如一场挥之不去的噩梦，时时带给我关于爱情最愧疚的记忆……

豆红结束了他的讲述，显得很疲惫，就像刚刚经历了一场苦难。他喝完最后一点残酒，大声地说了声走吧，大林。就搂着我出了"梦归黄河"。这时，夜幕降临了。

大 雪

在这次讲述中，豆红并没有给我提及树琴从毕业到死那段时间里的情况，我相信他是知道的。其实有关树琴的信息，我在"木林森"当店员的时候就知道了一点。树琴初中毕业以后就再也没有上学，曾去青岛学过一段美容美发，后来不知由于什么原因竟被当地警方遣回了铁马坪。死时年仅二十岁……

豆红被女友开车接走了。现在，我一个人沿着街道走了一段，然后回家冲了个冷水澡，心情开朗了许多。那晚，我头一次试着和一位陌生的女孩睡了一觉，第二天就爬起来慌慌张张地朝另一个城市奔去。一路上，风光真是无限的好。绿绿的草皮，大多是川区人的饲草种植基地。黄河水缓缓地向前流着，透过车窗，还能看到两岸大片大片的庄园。这个时节稻田里的水大致已经放干，呈现出一派橙黄的丰收景象。然而，我的悲哀却正是来源于眼前看到的一切。我用焦灼的目光搜寻着，高高的烟囱匆匆闪过，天网般的电缆以及繁荣的市井匆匆闪过，可就是看不到一块像样的属于自己的麦田。我想，那些麦田大致都封存在了记忆里，有豆红的一块，也有我的一块，还有树琴的……其中，属于我的，竟然是一块永远难以熟透的麦田……

2002 年　银川

父亲母亲的婚事

二十多年前，我爸在一家铸造厂上班。那时候，铁东一带家家户户用的"五洲牌"洋炉子，都是我爸的厂子造出来的。在那样的年月，洋炉子很普及，冬天谁也离不了它。尤其青年人结婚，洋炉子都是必不可少的陪嫁物。所以，我爸的铸造厂吃香，我爸也跟着吃香。

我爸就像他们厂造出来的生铁洋炉子一样，闪烁着迷人的雄性光芒。铁东一带的女孩子都很喜欢我爸，不过大多数像躲在海底黑暗里的鱼一样恋爱。这就使得我爸不好捕捞。相比而言，倒是极个别的"鱼"很大胆。美中不足的是，她们有想法，却又不表白，我爸也不敢贸然行动。当时在铁东街，我爸也算个人物，他的每一个轻狂的举动，都有可能酿成一次牢狱之灾。尽管，喜欢我爸的"鱼"那么多，可我爸反而更加孤独了，原因是厂里的人躲着他，嫉妒他。还好，关键时刻，我妈（那时候当然还不是我妈)顶着压力,蹦进了我爸的世界。这个一头剪发的高小毕业生,让人一下子想起小学课文中的刘胡兰。

其实话说回来,我妈的手段并不高明。要说她很久以来就对我爸萌生爱意的话,那么,有关这两人的任何课题的研究将会失去爆冷、猎奇的兴味,至少证明,我妈不是心血来潮。不过,爱情还是将这条单纯的"鱼",从不一般的高度拽到一般的层面上来。就是这个令人咬牙切齿的"拽",摧枯拉朽般地将我妈一路下放下来。这势必导致铁东的人们对我妈有了看法:太伤风败俗了!脸皮太厚了!甚至有人喊着要游我妈的街。可我妈面对一切,岿然不动,就像一个大型号重底盘的洋炉子,对我爸的关爱陡然升温了。有人看到,半夜里我妈像地下工作者,给加夜班的我爸偷偷送夜宵。

面对夜宵,以及送夜宵的那双温婉之手,我爸有点喜不胜收。我爸一高兴,就喜欢有意无意地亮一下腰里的军用皮带。那皮带是我爸从一个老红军那里得到的,为了显示出他的与众不同,我爸平日里总会时不时地亮一下。可今天的亮却是意义非凡的,具有机不可失、时不再来的意思。不过,我爸毕竟是年长了点,懂得什么叫分寸。他没有亮出更多的东西,比如还有一件不错的军用黄大衣,我爸就没有亮。这事要是放在十年前,我爸准会一门心思地亮它一把。可现在,他倒欢迎我妈这条"鱼"跃进他的世界来。至于那些非议,我爸认为在他没有表态之前,只是针对我妈的。如果我妈挺不过来,倒下了,这跟他没关系。如果挺过来了,那么再把她迎进怀里。

到那时铁东街的人再怎么着，也只能是马后炮了。在这件事情上，我爸可是看得开的。

不过这倒苦了我妈。我妈是铸造厂的会计，白天她在屁股大的办公室里搞收支平衡，到了夜里，还得给我爸送夜宵。夜宵是我妈在公家的大洋炉子上做出来的，经炭火煨过的夜宵刚出锅一般是连滚带烫的，不宜于立即去喝。遇到这种情况，我妈就用自己的嘴往碗里送风，一下、两下，吸溜一口，再一下、两下，再吸溜一口，直到温度不烫舌头为止。夜宵每次送到我爸手里的时候，我妈总要提醒一句：赶紧吃吧，现在刚好。说这话的时候，我妈扭来扭去的，站得很不成形。而这时候的我爸却只是傻笑，他不知道我妈往碗里送了风，所以就不明白什么叫刚好，可他的眼睛里仍溢满了感激。这就是我爸的高明了，他玩的就是这种朦胧。

我妈虽是初涉爱河，但各种迹象表明，我妈要用她这块煤死心塌地地燃亮我爸了。我妈的这个决心，让我爸看到了振兴家门的希望。但是，需要声明的是，在决定这件事之前，我妈心里头绝对是有底的。一朝被蛇咬，十年怕井绳。我妈发现我爸是个经过风浪的人，现在这蛇是缩在洞里，若假以时日，给他足够温暖的话，那还是会爬出来的。再说了，我爸已经探头探脑地肯吃我妈的夜宵了，这就是好的征兆。无论如何，我爸的本性不错，这点我妈心里明得跟镜子一样。

说良心话，我爸还是挺喜欢我妈的。这并不是说我妈对他好，而是我妈有好多过人之处。就着装来说吧，我妈上下一身蓝，脖子里围了一条雪白色的围巾。瞧，她远远地站在那儿不动，就美得让人掉魂。如果你再有幸一睹她用围巾轻拭鼻尖的派头，准能把你倾得发疯，直至你感觉到脚不是脚、手不是手为止。到底是高小毕业的哪，就是有气质。当然，我妈除了静态的美，她的美还体现在动态上，比如吃。俗话说，站有站相，坐有坐相，其实吃也是有吃相的。就拿吃面条来说吧。那时候本来穷嘛，一般人是很少有机会吃到面条的，尤其是白面面条，我妈吃得相当文雅、得体，先是一根一根地绕在筷子尖上，然后小心翼翼地送进嘴里，这就有了相当的涵养。

　　我妈的一举一动，不招摇，不冒尖，却有力度和韧劲，很折服人的。这使得我爸不得不琢磨起我妈这个人来，她为什么这么爱我？我爸时不时问自己。我爸将我妈从外在到内里，从现象到本质，从阶级矛盾到思想斗争，很深刻地挖了一番，最后，才整出一个字：纯。这个结论出来后，我爸彻底爱上了我妈，这意味着，比先前的喜欢就更能说明问题了。

　　紧接着，我爸和我妈的关系有了质的飞跃。

　　一天夜里。地点，离铸造厂不远的马路。

　　我爸问，你能离我近一点吗？于是，我妈把身体靠了过来。他们并排坐在马路边上。天气闷热，空气中有股酸馊的气味，可我爸仍闻到了我妈的体香。我爸的心里泛起了一股难抑的热潮。

他说，能离我近点吗？我妈把身子挤了过来。我爸抱着我妈，我妈也伸出一只手绕在我爸肩上。我妈的身体是温凉的，我爸像抱着一块温凉的玉石。可我爸还不满足，他再次发出请求，能离我近点吗？我妈埋怨道，已经很近了，不能再近了。我妈埋怨的眼睛像雨后的小槐叶一样干净。我爸听不进去对方的话，继续说，能离我近点吗？我妈说，你怎么了啊？说完就用两只手抱着我爸的脖子，把脸贴在我爸的脸上。我爸听到我妈在喘气。那气息像清晨的细风，贴着我爸的耳朵不动声色地过去了。我妈就这样抱着我爸，像是在安慰着什么，又像是很累了。我爸贴在我妈耳边，又说，能离我近点吗？这次我妈没有动静，没有埋怨。一会儿，我妈像一条蛇样缠绕着我爸，我爸也像条蛇样缠绕着我妈。我爸的双臂从我妈的脖子上绕了一圈，在我妈的胸前绕了一圈，又在我妈的腰际绕了一圈。而我妈的胳膊就像葡萄藤一样顺着我爸的胳膊一路缠绕下去。现在，无论从哪个角度去看，他们的脖子已经挤成了一个脖子。我爸还不死心，还说，能离我近点吗？我妈快要哭了，发白的嘴唇，像一对飞蛾的翅膀颤抖着。最后眼珠也不转了，只有两条舌头小鱼一样游来游去。

从此，我爸和我妈就不做那些皮毛的游戏了。而是像水和泥土，都分不清谁是谁了。别小瞧我妈这个弱女子，在情场上就是敢于单刀赴会。

不过在那样的年月里，如此的男女关系，必然要受到强烈的抨击。我爸和我妈的事最终还是败露了，当游街的队伍经过我家门口时，一个红卫兵冲进我家，将我爸我妈揪了出来……

后来，我爸和我妈冲破重重阻隔，终于要结婚了。

首先，得准备房子。但那时候我爸的工资，也不过五十八块八毛。所以，还买不起房子。其实倒可以等厂里分，可惜我爸老走背运，本来有好几次机会，可抓的阄都不好。没有一间好洞房，就等于没有一个好的花烛夜，那是太对不起我妈的。后来，我爸就借了厂里的一间小库房，算是对我妈有了交代。

布置新房的时候，我爸倾注了所有的热情。重新刷了墙，糊了顶棚，贴了窗花，用油漆涂了窗户框，擦亮了玻璃，就连屋里的水泥地面都有了光泽。接下来，就要往里填新的内容了，这是件神圣的事，既要做得体面，又要做得有意义。因此，我爸特意买了一架蝴蝶牌缝纫机，算是给我妈最好的礼物，表明过日子就得缝缝补补。我爸还买了一台烟台北极星座钟，当然，要想让爱情不断升温，还得有一个五洲牌洋炉子。不过，光有这些是远远不够的，我爸还请了木匠到家里来做家具。木头的来源有两个地方：一是我爷爷由于一次意外客死他乡，所以就奉献了他的寿木；二是我爸从报废的机器上拆下来了一些板子，都是上好的。后来，家具做出来了，样式是组合式的。若干个方方的箱子，可以拼在一起，也可以随便组合更新，变成另外的样子，很时髦。

我妈这边呢，也在准备自己的嫁妆。新棉被备了四床。我爸说了，窗帘和桌布由他来备，而手工的鞋垫和枕头套则由我妈来做。我妈绣花是一绝，在我们铁东一带是相当有名的，这得益于我外婆的真传。我妈还准备了一对樟木箱子，那是重要的嫁妆，出嫁那天，被子、缎子、织物以及我妈平日用的一切小物件，都得装在那对樟木箱子里拉走，看上去真是应了"嫁出去的姑娘，泼出去的水"那句话，让人心酸。这也是难免的。不过对于早被我爸偷了的我妈来说，这种心酸多少有了一种甜蜜的向往。

在我们铁东，女孩子用的新被子，会由妈妈请一个全福的女人来缝，为了祝福女孩子日后的幸福，父母不全的，家庭不全的，都不能动新人的物什。因此，外婆就请了铁东西街的大富妈妈。大富妈妈和我外婆是从小一起长大的，同时，也是看着我妈长成大女子，所以这个力她是出定了。大富妈妈给我妈缝了新棉被，还为我爸做了一套中山装，作为婚礼上的主要物件。这可是很多人一辈子向往的。

总之，我爸我妈的婚事极具朴素的色彩，也与那个时代极为合拍。当然，合不合拍这不重要，重要的是，他们要悄悄为这个家描绘新的蓝图了。

结婚的前三个月，我爸是不咋见我妈的，双方都在养精蓄锐。直到前三天，我爸才约我妈去照相馆，花几块钱拍一张大头合影贴在结婚证上。那照片是黑白的。我爸却戴着一顶黄帽子，据说，帽子是后来染成的。从照片上看，我爸在我妈的后面，因为他的肩膀规规矩矩地摆在我妈的肩膀后。他本来想着用胳膊搂住我妈呢，可看着那个一脸严肃的照相机，便打消了这个念头。"咔嚓"之前，我爸只是把头向右偏了一下，而我妈的头也得到了召唤似的，向左偏了一下，很含蓄的，在一个可有可无的距离中定格，表明他们永远就是这么一对儿。事实上，这样出来的效果就是差，他们的表情怪怪的，好像还怕不留神被扣上资产阶级情调的帽子。

结婚的那天，下了一场圣洁的雪。我爸骑着永久牌自行车来驮我妈。他们胸部都别着大红花，把脸映得格外红，就像在五洲牌洋炉子旁烤炭火，很招惹人的，给死去的先人们相当地鼓劲了。那时候，在我们这个家庭里，我爸算是最后一根独苗。虽然我爷爷生了六个娃娃，其中女娃就占掉了五个名额，后来夭折了两个。我爸是老小，可从小没人疼惜，基本上是自生自灭，因此，这天的婚礼就有了承前启后的意义。好像是百年大计中最要紧的一笔，好像稍有闪失，就有断弦的可能。

我爸看上去很帅，黑色全毛呢中山装，白色的衬衫，头发梳得很整齐，三七开，皮鞋很亮，走在雪地上，就像走在通往教堂的路上。这种感觉虽说不是那么正统，但在平日系军用皮带穿军用黄大衣时是找不到的。我妈穿着红颜色的棉袄罩衫，黑亮的剪发上缀着红蝴蝶结，戴着红手套。我妈的样子虔诚得很，舒缓的步伐意味深长得很，在艰苦的序曲中都走得没肝没肺了，好像什么事都放下了，都悲壮得几乎接近完美了。

婚礼由居委会主任主持，他背诵了几句他自己写的朦胧诗，再就是表示日后要努力劳动，互敬互爱。据说，那个主任也爱读诗，很崇敬平时吟几句蹩脚诗文的我爸爸。所以这次我爸把他请来做婚礼主持，也算是一种回报了。婚礼结束后，吃饭的时候，有个姓毛的干部特别强调要勤俭节约，反对铺张浪费。吃饭的人都是我爸请来的。我爸对铁东一带的人很有感情，小时候或多或少地吃过他们的饭，睡过他们的炕，甚至还吃过一些娘辈们的奶，因此，我爸自然忘不了他们。他特意把邻里邻居都叫过来庆祝，还有近处的亲戚、远方的朋友，能通知到的尽量通知，尽可能避免落下什么话柄。事实上，来的人并不多。那时铁东街的人们，刚从"四人帮"的魔爪里挣脱出来，生活并不宽裕，所以饭也没什么吃头，一般也就发一点水果糖和花生给亲友。我爸却很仗义，在街上的馆子里加了两个菜、包了顿饺子，大伙算是没有白来。

到了晚上，铁东街的人还要闹洞房。这是最有戏的压轴节目了，关键得体现出一个闹字来。比如，有人让我妈给点烟，我妈就点了。

烟是三门峡牌的，我妈点得歪歪扭扭。但是，还是点着了。这样的吸烟人也算规矩，还不大会闹。其实最难为我妈的是点"过桥烟"了。

三门峡牌的烟横在我妈嘴里，算是桥，桥的一头，是一张胡子拉碴的嘴，张得黑洞洞似的，有点像窑门。而桥的另一头，是根滩羊牌火柴，白头的，随便在哪个地方一划，就来火。

这项游戏的难点在于，那张嘴几乎要贴着我妈的脸才能吸上三门峡；同时，桥那边的火还得等着这张嘴的主人去点，如果嘴上功夫使得不到位的话，我妈的脸就有被烧焦的可能。面对这种情况，我妈就甩头、扭脖子，表示抗议。

吸烟人屡试不爽，就把我爸拉来。我爸笑眯眯地，一进来只顾着给屋子里的人发郑州产的二毛五分一盒的黄金叶牌香烟，嘴里还嘟嘟囔囔地说玩好啊玩好啊，一副很大方的样子，都有点无所谓了。我爸的举动等于说是火上浇油，本来不是每个人都能吸上那黄金叶的，可现在一屋子的人，大到六七十岁的老头子，小到三岁的小屁孩，手里都白晃晃地夹着根烟棍，叫着喊着，蹿上蹿下，一个挤着一个，一个压着一个，都想亲近我妈，好过一把桥瘾。我妈背着一屋子的人坐在炕角里，当她从气氛中感觉到我爸不太在乎她时，就往死里伤心。人一伤心，泪花自然就汪出来了。有人说这是被烟熏的，还有人说我妈想家了，就是没有一个人真正知道我妈的伤心。其实我爸也是有难处的，还是事后他才对我妈说：想想，那天可是什么日子！无论如何我都得赔着笑，乡亲们可是不好得罪的啊！我妈捶着我爸的胸口说：坏蛋坏蛋，你就不怕你老婆真的被人咬一口啊？我爸说：怕啊，我都往死里怕咧。埋怨归埋怨，不过那天晚上我妈还是把一屋子的人给对付过去了，为此，她付出了惨痛的代价：她的两个纽扣被人拽走了，第二天烟云散尽时，她还咳出了半盆焦黄色的痰。

我爸和我妈就这样结婚了。

后来，他们就生了我哥，然后生了我。

驴年月里的祖宗

一

从前，我奶奶打南天门走过时，大群大群的野狐在干燥而充满幻想的空气中鬼惺惺地游走着。我是说当时我奶奶骑着头干瘦的跛骗驴，踩着芦絮来到了我们苦驴村。

这是中秋前夕的某一天，村里的男人们都围着篝火津津有味地"吃"着观音土。当然，他们还不忘腾出一只眼珠子瞟向在我奶奶丰满的胸部上，而另一只却死死地盯住正在月光下滋滋爆起的泥土花。

在众多痴而呆的男人们中，我爷爷是第一个窜出土堆的。爷爷是精着尻子窜出的，他像只泥猴子蹦在我奶奶面前的时候，奶奶连忙拉下了头巾，脸朝向驴屁股，连忙说精尻子鬼，羞死人了。

我爷爷大胆地牵住了奶奶的骗驴头，站在了当路，半叉着腿，说下来吧！姑娘，我张二银看上你了！

我奶奶却并未马上把脸扭过来，她在红头巾下说，精尻子鬼，你要是能给我端碗荞麦面来，我就留！

行，你等着噢，腾腾腾，我爷爷转身像个电动木偶人，消失了。腾腾腾，一会儿爷爷风一样又来了。他双手捧着只粗瓷大碗，碗里的荞麦面漂涯涯的，真晃得人眼晕哩！

我奶奶见张二银果真端来了荞麦面，于是就从驴背上跳了下来，说张二银，我跟定你了。

就这样，我奶奶留在了苦驴村。我爷爷当时兴奋得不得了，硬是挤在我奶奶和那头跛骟驴边不肯离开。我是说我爷爷得了我奶奶这女人实在是天大的福分哪！

三六一十八天过去了。

跟我爷爷一起"吃"观音土的那些男人们倒是分外眼红，起先他们相互拍着尻蛋子，在黏土堆里嘻嘻哈哈地鼓动着、张扬着，后来呢，就开始大大咧咧地在我爷爷的家门口来回走动了。他们赤胸裸背，瘦骨嶙峋，他们各自却配备了一对能放射异彩光芒的眼珠子！他们在我爷爷的家门口扑哧扑哧地走动的时候，总免不了伸长鸡一样的脖子，呱唧呱唧地议论一番。

听到这些光棍汉们的叫嚷，我爷爷差点儿气炸了肺，可我奶奶却意外地沉着冷静。我奶奶当时正打着盘盘腿坐在炕上，呼噜呼噜地吸着荞麦面汤。我奶奶吸汤的时候，有个细节是值得注意的：她一手撑着大瓷碗，一手却在炕席上哔哔叽叽地摸索着，然而时隔不久，一根竹箴便在她的牙缝了。要知道，喝汤剔牙是我奶奶的一贯作风。我爷爷背着手一个劲地在院子里转圈，他的脊背明显驼掉了一大截子，这使得他每迈出一小步就得喘出一大口气。这并不证明我爷爷已经老了，我是说那一年是民国十八年（1929 年），爷爷才十八岁半哩！呵，爷爷这时候肯定转圈转累了，他现在已经蹲在了树下的一块青石上。梧桐呜呜，黄叶滚滚。我爷爷蹲下的时候，我奶奶刚好喝完了荞麦面汤，她是透过窗户纸洞看见我爷爷的。哩！张二银，瞧你那个没出息的熊样！啪——我奶奶将用完的瓷碗倒扣在了炕上，忽地一个地滚龙下了炕，顺手操起门背后的一柄马刀，跳着嚷着，冲出了院子。

那些赤胸裸背的男人们这时都坐在了我爷爷家门前的那个大涝坝上。他们大概是"饿"了，掏出随身携带的"干粮"，在围成的一个圈里装模作样地交换着、品咂着。他们中不乏忘带"干粮"的，其实这并不重要，因为他们完全可以适时适地地现场加工。那些本来有点稀松、有点潮涩的观音土，经过选坯、定型、焙烧、打磨几道工序后，方可算得上好的"干粮"。完成这一切并不难，均可在自然状态下运作。我奶奶冲出院的时候，日头正毒，那些赤胸裸背的男人们正赶着做"干粮"，今天是中秋，他们专做"月饼"。

我奶奶操着马刀站在了门口，那刀在日光下一闪一闪，显示出钢水很硬的质地。你们这群泥腿子，不给我滚蛋，难道还要挨老娘的劈！我奶奶恶狠狠地骂着，挥舞着手中的马刀。然而，可

213

以想象，我奶奶的突然出现，着实让那帮人汗颜不少。他们停了手中的活，大眼瞪小眼，不敢重重地出气。但是，即使如此，还是有人站出来挑我奶奶的衅。此人是本村的王八水，活脱脱一个贼眉鼠眼相。现在，他盯住我奶奶的乳房，嘴里已经一个劲地流着涎水了。他开始亦步亦趋地朝我奶奶靠近，像只泥猴子龇牙咧嘴且念念有词：我睡死你，美人……不用说，现在的气氛却是别样了。王八水身后的那些男人们开始闹腾了，他们彼此用潮重的手掌呱唧呱唧地拍着尻蛋子，嗷咴嗷咴地喊着极为煽情的号子，这是一种古老的互动方式。我奶奶仍旧保持着一副大义凛然、威慑四方的架势，乜斜着靠上来的王八水，一动不动。王八水见状，倒有点怯了，但他仍强做了个整理衣装的动作（其实他没穿什么衣服，因此那动作看起来很虚，也很幽默），然后就猛向前跨了一大步，与此同时，他的一只手却迅速地伸出并蛇样朝我奶奶微翘的圆臀摸去。我是说，王八水可能是想冷捏一下我奶奶的香肉而后才见机弹开，这险冒得太大了！事实证明，王八水这险的确冒过了头。日光下，只见我奶奶的马刀闪了一下，仅一道血光，一只耳朵就像秋叶样翩然落下了。王八水抱着血头狼一样号叫着，在村子里上蹿下跳，不久便消失在了南天门。南天门里蓝格悠悠，芦絮飘飘。刚才那些做互动游戏的泥腿子们也不知什么时候被惊飞了。现在，我奶奶仍旧操着马刀站在门口，她的姿势自始至终似乎没怎么变动，这就让我们不得不惊叹她那刀法的传奇。后来，她就伸出了满是带刺的长舌舔了舔刀刃上发腥的血痂，然后冷笑一声，转身进了院子。此时已经夕阳西下，院子里梧桐呜呜，黄叶滚滚。

二

民国十八年间，大闹饥荒且盗匪泛滥，而我们这里却流传着一种走婚方式。即谁家的女儿到了出嫁的年龄，其父母就会备上马匹和食粮送女儿独自上路。孤孤女儿家，道道凶险路。那时候，十有八九的女儿家是走不到烟火人家的，她们半途往往不是被饿死、冻死，就是被豺狼吃掉或被土匪劫走。她们完全是漫无目的地走，她们自打被父母扫出闺门就已经注定是芦絮样地飘了，她们最大的愿望就是能够在有烟火的地方找个家底好点的男人了却一生。

说来我奶奶出生在一个牛儿庄的地方。她的父亲也就是我舅太爷是个十恶不赦的赌徒。他们赌博生涯很传奇，他一夜之间完全可以赢来一院子牛。那都是些筹码极重的公牛犊。舅太爷经常在赌闲之余蹲在窑顶上观察着它们，他吧嗒着烟袋，作有所思状。有时候他还要跳下来，在牛群中迷样地踩着点子，瞧那阵势、那脚步，似乎在破译一幕赌局。当然，对于一个著名的赌徒，他难免有一夜之间输掉一院子牛的时候。这时候的舅太爷是最困难的，他常常一个人蹲在窑顶怅然地望着空落的院子潸然泪下。他可以一连几天不吃不喝。这倒是省了顿，有一次我舅太奶嗔怪道。这话被舅太爷听见了，但他硬是装着不通气儿。他暗地里恨起了舅太奶，心说，我赌输牛还不是你这个丧门星惹的祸。说完，他又开始打起了另一把算盘。

我舅太奶被我舅太爷卖掉那天，我奶奶就开始了她的头次走婚，我奶奶背着干粮，骑着骟驴。我奶奶那时还只是个十三岁的羸弱小女子，她根本不晓得自己要去哪里，不过她倒觉得这样很好玩。我舅太奶被我舅太爷死死挟持着，她眼睁睁地看着自己的男人把亲女儿骗走了，不觉肝肠寸断。我舅太奶被卖到了甘南腹地的一个大户人家，迎接她的新男人是个浑身散发着酸腐味的老学究。此人头顶土灰色瓜皮帽，身着藏青色褂子。此人戴了副瓶底样厚的塑边圆眼镜，显得深不可测。此人高翘着山羊胡髭，留着花马辫子，走起路来三摇四晃。那天，具体的情景是这样：老学究牵着毛驴走到庄口，我舅太爷就一个箭步窜了上去，连忙握住老学究枯枝般的手说，老先生不辞万里，远道而来，我牛大肚未能远迎，失敬失敬。老学究道，哪里哪里，老朽一生饱学多才，修得一身仙风道骨，此点小道，不足挂齿。牛大肚说，先生多才，我等早有耳闻，如今见面，果然非同寻常，别的不说，就说您的这位跟班，随了您一起吃喝拉撒，如今也练得一身傲骨。我舅太爷说完，就顺着老学究手里的缰绳去摸那头正在昂首挺胸的驴子了。那天，老学究为我舅太爷带来了几匹绸缎，几筐上好的烟叶。他们是在庄口的一棵大梧桐树下进行了这场交易。那天，梧桐呜呜，黄叶滚滚。

我舅太奶自跟了那老学究，再也没有了音讯，此事未上得正规家史，无从考证。……权当憾事。

现在说我奶奶吧。我奶奶骑着骟驴越过了九座山，越过了几条河，在某一天黄昏，到达了某个村子。她是被一位提着羊鞭的男人截住的。当时，她行至一片树林子，突然眼前闪出个影子来。我奶奶连忙勒紧了缰绳，定睛一看，原来是个二十出头的小男人。那人背对着她，显得很阴冷。我说这位哥，能不能让个道儿，我奶奶怯生生地朝那背影问去。她的声音细细的、低低的，同时也嫩嫩的，这显然符合她十三岁的年龄。那背影像是僵死在那里，一动不动。我奶奶又问一遍，又叫了声这位哥。最终，那男人发话了，他的声音像冷冷的碎玻璃碴又像是轰轰的连珠炮。他说，我家里有一窖金子两窖银子三窖缎子四窖谷子五窖洋芋六匹大白马七头肥猪八只狼犬，还有九个佣人一个老娘，姑娘！你要是肯留，就下驴来吧！那小男人说着话，却并不曾转过身子。我奶奶倒是听晕了，两只圆鼓鼓的杏眼一个劲儿地冒着金花银花。我是说我奶奶已动了心，我敢发誓。她现在骑在驴背上，咬着下唇，两只酥手搭在小腹上，十根指骨节就那样绵绵地绞着、缠着，直到红霞红霞满脸飞。

灰灰杨树林。小男人拖着长鞭快步在前，我奶奶骑着骟驴紧随其后。喔嗒喔嗒，驴蹄踩碎万道霞光。

事实证明，我奶奶必须得为这次走婚付出惨痛代价。不信你瞧。

那天，我奶奶刚踏进小男人家的门槛，就身子骨一颠，麻秆腿子一抖，头脑一晕，两眼一黑，喱！像一坨烂泥坐在了地上。后来，也就是后半夜里，我奶奶就醒过来了。醒过来的奶奶发现那个小男人正撅着精尻子……

我奶奶一连三天三夜捂在被子里以泪洗面，第四天，她下炕了。她推开屋子，院子里明晃晃的，几只母鸡正在争吃一条毛毛虫。现在呢，我奶奶有了一种女主人的感觉。她站在门框里长吁了一口气，心里说，这人家没金没银的，不过倒也有趣，我认这个栽了。我奶奶这么一想，便不由想起那个男人来。这男人脸上长得啥样我都没看清呢，不过说实在的，这人却壮得让我心慌，我奶奶又想。

第四天过去了，仍不见小男人的面，我奶奶不由慌了一下。有一天晚上，她心口堵得火急，想出去走走，于是她小心地拽了拽门闩，吱呀——双扇门被拉开了，刺耳的声音直往夜里的肉里戳去。当时我奶奶本想是一个大步跨出去的，却不料抬起的腿子面条一样筛在了门槛里头。妈呀，那是什么！我奶奶惊叫一声，连忙蒙住了双眼。

院子里，一声猫叫连着另一声猫叫，一声一声地，叫成了一摊浑水。浑水翻滚着，涌动着，像煮沸了。

…………

三个月过去了，那小男人始终没有出现。有一天，这院子里倒是来了一个人。是个老婆婆，拄着拐杖。这人五官硬是往一个

218

中心紧凑着，像是被只无形的手捉弄着。她有一只鹰样的鼻子，一张涝坝般的阔嘴。她的面皮松松塌塌，犹如百年老榆皮。总之，给人一种不祥之感。

我奶奶见了这老婆婆，连连倒吸冷气数次。她年轻，只有十三岁啊，有理由恐惧。尤其面对这个突然冒出的画皮鬼样的老巫婆。

"老婆婆，你找谁？"我奶奶问。

老巫婆不语。

"您找谁，老婆婆？"我奶奶又问。

老巫婆还是不语。她用眼睛剜了一下我奶奶。嗖——奶奶的骨头就空透了。

老巫婆始终不语。她把我奶奶剜够了，就转身走了。她走后，这院子好像也被剜净了，显得空空荡荡。

这天夜里，老巫婆又来了，她鬼惺惺地站在院子中毂处，捏起芦笛，吱吱吱，几声老鼠学叫后，哗——院墙缝里就潮水般涌出大小黑猫来。这些猫很快聚在我奶奶脚下，互相嗅着屁股，呼朋唤友，猫叫成海。

当时，我奶奶正在屋里酣睡。她被院子里的动静闹醒了。她顺手提起炕头的菜刀，拉开了门……院子里是猫的成堆成堆的眼睛，辉煌着齐向老巫婆射着。猫的黑身子却并不见得，大致是融洽在了夜色里。

我奶奶站在了屋檐下，拿着明晃晃的菜刀，很英武。

"何方妖精，报上名来。"老巫婆大声呵斥着，举着铁刹笤向我奶奶猛冲而来。她的额头上还贴着一道晃晃悠悠的符。

我奶奶见状，却并不闪开。她心想：我是良家女子，不是妖精，我为何要闪开？如果我要是闪了，那不证明我是妖精了？

其实，我奶奶的想法完全正确。这恰好投了巫婆的心思。巫婆当时心里也说，是不是妖精，我冲过去便知，她闪证明是妖精，不闪就是人了，管他个三七二十一，先冲过去再说。

然而，一瞬间实在是太短啦，我们这些长肉眼吃俗饭的人根本无法描述老巫婆是如何从中毂燕一样划向屋檐的，反正，我们看到的仅仅是一些定格在记忆中的图片；我奶奶拿着菜刀纹丝不动。老巫婆举着铁刹笤纹丝不动——她额头上的符垂了下来，在鸡屁股样的唇前一起一伏，她呼出的气息酸中带辣。这个吃猫肉的家伙！我奶奶骂了一句，首先松开了僵持的身子。

老巫婆倒是把我奶奶当成了自己的媳妇，可是在日常里却百般刁难。其实我奶奶并不害怕她，只是总觉得这人有一股难以名状的阴气，心里也就远远地敬着防着了。

就这样，转眼一晃半年过去了，我奶奶的心里开始念起了我舅太奶和舅太爷。有一天，她对巫婆说，娘，我要回我娘家去看看我娘？

老巫婆顿时翻了脸，她骂道："你闲在我家白吃白喝还不安生，回什么娘家！"

老巫婆接着骂道，你看火烧脸回来咋整死你！

我奶奶没准得假，可她的脑际里却轰轰地闪着"火烧脸"这个词。火烧脸是什么人呢，我奶奶想，是那个小男人吗？

又一晃，一年就过去了，我奶奶心里憋得实在不行，她的心说：与其这样把人给想死，还不如豁出去拼死，好歹走的也是条孝道。

这天，我奶奶主意已定，便坐在里屋等老巫婆进来。她的腋下揣着把菜刀。

黄昏里，老巫婆踩着碎步飘进了院子，我奶奶便强作欢颜迎了上去。

娘，我想我娘想得不行，我回家看望看望行吗？

行啊，……没想到老巫婆满口答应了。但是随后她的脸就像树皮一阴一紧，冷声冷语地说，不过我有个条件。

什么条件？你讲，娘。我奶奶恳切道。

好吧！竖起你的驴耳朵听好了，早上去，晚上来，做上八双靴子八双鞋，还要绣个荷包带回来。

行的，娘。我奶奶答应着。然后紧了紧怀里的刀。心里却说：不到万不得已，我是不会动刀的，反正先应下来再说。

第二天一大早，我奶奶就找来了她的那头老骟驴，备上驴鞍嘚嘚嘚地上路了。

九条河啊九座山。

行至四口子，我奶奶看见一个老头将一个年轻女子捆在一棵大树上用鞭子抽打，嘴里还恶狠狠地骂道：咋这个驴东西，我让你好好偷吃！

那女子最后死在了树上，老头便扔下了皮鞭腾腾腾地走了。

这一幕我奶奶看在眼里疼在心里，她骑着骟驴边走边想，边想边走，不料眼泪却珠子般往下掉了。

我奶奶一直是呜呜唧唧地哭到牛儿庄的。那天（此时已经晌午），她站在庄口的那棵大梧桐树下，望着自家的方向心儿深情大呼：娘——我来也！然后驾——得求一声，那驴便箭样向庄里奔去。

我奶奶首先看到的是麻秆一样荡在门场里的舅太爷。天！怎么瘦成如此德行，我奶奶想着，便担心得紧了紧驴的步子。

你爹爹是驴变的。邻居张麻子从一块高粱地里迎着我奶奶走来。

你爹爹是马下的。邻居哈二杆从一个猪圈墙的豁口处愣头愣脑地爬了出来。

你爹爹是骡子群里带大的。邻居木子毛背着一块布袋，蹲在自家门场晒暖暖。

此话咋讲，我奶奶问。

你爹爹把你娘给卖了，换了烟叶却将自个儿抽干了，啧啧！这个畜生！邻居们异口同声地说。

照这么说，我娘她已不在了。

对。

我咋就不晓得呢？

你走的时候，你娘还没被你爹正式甩出手。他是先把你蒙走的。

好吧！乡亲们，我知道了。嘚嘚嘚，驴加快了步子，我奶奶走开了。

不一会儿，我奶奶骑驴站在了我舅太爷面前。她愤怒地看了看，然后嗖的一声，一记耳光飞了过去。——我舅太爷麻秆样飘倒在地。

我奶奶的举动惊动了全庄，这时有好多人已里三层外三层地围着我奶奶听她叫娘。

我奶奶喊道，娘，可怜的娘，我这被人拐走了的娘。

我奶奶继续哭道，娘，我遇到了个画皮鬼，娘，你看我该怎么办才是，娘。

我奶奶进一步哭道，这鬼让我做八双靴子八双鞋，还要我绣个荷包带回去，娘。

娘啊娘，娘啊娘，娘啊娘……

众人被我奶奶的一片叫娘声惹得心里直挠痒，——叭叭叭，人群里泪花纷纷，人群里挥泪的胳膊亦纷纷。

这时邻居张麻子站了出来，靠近了我奶奶，说，姑娘，你别伤心，我本有八个女儿，先走婚走掉了四个，后饿死了四个，如今留下八双从未舍得穿的新靴子，好！我送给你了。

张麻子刚说完，哈二杆也站了出来，说，姑娘，你别伤心，我也有八个女儿，但我与他张麻子不同的是八个中四个是先饿死的，另四个是后走婚走掉的。我这八个女儿没留下什么靴子，但留下了八双从未舍得穿过的新鞋子。

哈二杆说完，木子毛也不甘落后，他几乎是叫着嚷着冲进人群的。他说姑娘，他们都有八个女儿，我木子毛没他们那么富足，我只有一个儿子，去年跟着他几个叔叔吃观音土的时候给撑死了。唉！可怜啊，我的儿子，别人吃那是假装的，为的是聚在一起截那些从外村走来的婚，可我的儿子却一个劲地只图热闹，不留神，真吃了，就被吃死了。好了，我说过的，我没张哈二人那么富足，我儿子没有靴子，也没有鞋子，我儿子只有一个绣荷包，姑娘，这荷包我就送给你了。

看着邻居张、哈、木三人送完各自的东西，我奶奶不觉心头又添上一层悲来，她说乡亲们哪！你们的大恩大德我牛姑娘只能来世再报了，说完，她喷射了一阵泪雨，然后一步跨上驴背，两小腿肚轻微一紧，驴明白似的往后略一斜坐，随之一个悬势就箭样蹿出了庄子。这天是中秋节，庄口梧桐呜呜，黄叶滚滚。

我奶奶是踏着月色归来的。归来的她发现屋子里又添置了一些新的东西，比如几匹绸子，几筐烟叶或几袋糜子等。小男人回来过？我奶奶想。她绕着院子转了几圈，却并未见着人，连老巫婆的影子也没见得。现在，我奶奶开始解衣睡了，她躺在炕上想，这次看你老画皮鬼有啥话可讲。

天麻亮的时候，一声裂人心肺的驴叫声惊醒了我奶奶。奶奶想，这骗驴我拴在门口的那盘碾子上，何以见得这番嘶叫。奶奶心里放不下，于是摸了把菜刀下了炕。

我奶奶打开院门，倒吃了一惊，她看见老巫婆手里正攥把刀子割那老骗驴大腿上的肉。现在驴腿已经血肉模糊，看来已经是进了刀子的。

我奶奶气得浑身的肉发起了颤，于是大吼一声，举着菜刀向老巫婆冲去。

老巫婆见状，只轻轻一闪，"咣当"一声，菜刀就砍在了碾子上，金光四射。

说实在的，那时候我奶奶还小，力气不大，刀法极蠢。她就那样有勇无谋地杀过去，再回首，却见并没砍着，人一下子就蔫了。

蔫了的我奶奶日子就更难过了。这天，老巫婆把她从里屋揪出，说，缸里没水了，去！给我用那驴笼嘴到下子河把水缸提满。

要知道，这次谁也帮不了我奶奶。我奶奶提着驴笼嘴边走边哭，边哭边走，她的身后紧随着怒气冲冲的老巫婆。

她走出院门，门前的一棵歪脖子柳树上停着一只喜鹊，那喜鹊伸着朝东南西北都能骨碌碌转的脑袋核儿，直冲着老巫婆破口大骂：嘎嘎嘎！驴屎滑倒碾子打！

果不其然，喜鹊的骂声刚落，我奶奶听见身后"哎哟"一声，老巫婆就踩着了一泡驴屎，倒了。当我奶奶转过头看时，那碾子已在不远处动了动，朝正在地上四仰八叉的老巫婆快速滚来。我奶奶见事态不妙，正想跑过去拉老巫婆一把，不料，碾子太快，腾棱腾棱的，那老巫婆就成肉酱了。

我奶奶叹息了一声，说，这倒也好了。

我奶奶再也不想在这充满巫气的鬼地方待下去了，她想，这老巫婆死了，小男人回来非宰了我不可。于是，她给那头骟驴（现在是跛骟驴了）安上驴鞍，骑着它，嘚嘚嘚地开始了她的另一次走婚。

三

在那样的驴年月里，人们啥事都能干得出，这并非传谣，其实啊！就差人吃人了。在我们苦驴村情况还好点，因为这里风水好，用阴阳先生的话讲就是山脉水脉人脉都好。那时候在我们村，可供吃的东西很多，除了从祖上传下来的粮食，人们还可以选择苜蓿芽、苦苦菜、野油菜、榆钱、洋槐花等。若这些东西抢手的话，人们照样可以吃洋芋蔓，那洋芋蔓是先晒干了的，然后往碾子上一碾，就出灰灰的面。不过，话说回来，以上这些食物，村里人在平常里还是很难吃到的，因为外村人经常在苦驴村狼一样出没。这里风水好，就说毛地里拔毛也比其他地方强。这些外村人就是慕着这个名来的。他们的态度极不友好，提着马刀，扛着长矛，抢走吃的，还弄死了好多我们的人。因此，我们村的人就被迫跟驴一起啃树皮了。苦驴村到处是树，而且很原始很有点上古的味道。起先，我太爷们跟驴一起啃那些树皮，他们先选择榆树下口。后来，我大太爷，也就是我爷爷的亲爹，突然在一个黄昏里脑门一拍，对着那些正在啃树皮的十三个太爷们和二十个驴们说，兄弟们，我们把榆树皮剥了熬粥如何？好哇好哇！我十三个太爷们齐齐拍手叫好，他们摇着头晃着脑，腆着大腹在林子里走来走去。很显然，他们为有一个如此聪明绝顶的老大哥而自豪着。至于那些驴们，它们的反应另当别论。

在前面，我还描述过我们村人吃观音土的情景，其实这是从未有过的，我是说他们吃土那是假装的。对了，现在我要向大家详细地阐述一下我们这里的一个习俗，即吃土节。这节日是从哪个猴年马月里传下来的，我不知道，我爷爷也不知道，包括我那十三个太爷们。这节日被选定在中秋前后，男人们尤其是光棍们，会脱光衣服裸在黏土堆里。他们很像是吃土，但他们往往将土块很聪明地从耳朵梢梢边顺了过去，要知道，他们不会真吃的，但他们会为这个节日做出巨大的努力。他们用土块做各种让人们一看就想吃的食物，比如月饼等。他们的祖先为他们发明了这个盛大的节日，完全是为着繁衍后世这一千年大计而煞费心机的！我们的老祖宗哪！他们的确是一帮聪明的家伙。对了，知道这走婚吗？也是他们发明的！可为什么要发明走婚呢，哈哈，说白了这走婚完全是冲着吃土节来的。女子们在吃土节走婚是最风行的，她们完全可以无所顾忌地挑选那土堆里的汉子们，尤其要仔细瞧好他们假装吃土的部件，比如嘴大吃四方者，牙板硬朗铮铮响者为上，如此等等。对于汉子们而言，蹲在土坑里，见有骑驴走来的女子，就得扭腰弄肢，展示干瘪的肌肉块儿，然而这样的家伙往往是蠢货。相比而言，我的十三个太爷们都不蠢，他们见有女子走来，首先冲过去抢下来再说，我的十三个太奶们就是他们在吃土节里的收获，这是铁的例证。这事儿，在我爷爷这辈里，某些留在良种基因里的东西还真丧失了不少，但在我十三个太爷的强大铺垫下，我爷爷在抢婚这方面还是头手，前面我已描述，在此不便多言。

　　我们族在我太爷辈里的旺劲那是很难想象的，那时候，大致是清朝末年，盗匪泛滥，动不动就有异村人入侵我们苦驴村。土匪们是最怕我十三个太爷的，我这十三个太爷在当时的年月里不叫十三个太爷，应该叫十三个太保，我大太爷叫大太保，以此类推。我记得有一次，当然不是我记得，是我爷爷记得并后来口述给我们的。当时，我爷爷已经九十高龄了，他老人家是坐在一个四门八窗的大瓦房里给我们讲述那十三太保的故事的。爷爷说，我爹是大太保，是个日能人，他的日能体现在膳食上。譬如，他将榆树皮剥下来，放在一个巨大的瓦罐里熬它个三天三夜，然后再放点盐巴，就可以供我们族里人吃了。那盐是我爹从三十里外的下子河背来的，下子河知道吗？著名的巫村就在它的畔上，至今阴得很。后来呢？下子河没盐了，我爹又想出了个绝招，他开始发动全族的人弄水。这水要从苦驴村口的那片梧桐树里往来弄。梧桐树是空心的，有风就呜呜地响，什么在响呢？是水。说起来可真是奇怪呢，梧桐树里竟然有水。那水清澈得让人直掉魂。当然，那水之所以被我爹发现并用麦秆一丝不苟地引导出来，那是因为这水很咸，很有实用价值。这可不是一般的咸，这咸的程度相当于：你若用舌头尖碰一下这水，那你的舌头上立马会滋滋地冒起一层白生生的咸皮儿。按理说，这水弄来就直接可以往瓦罐里添，但我爹却执意要这么做，他说，我们需要的是盐，而不是水。为此，他还想了个办法从水里提取了盐分。他拣了个毒日头，让人把所有导出的水泼向石块。那水碰到滚烫的石头也会冒白皮，那白皮就是盐了。有人提议，这盐留下了，这水不就白白放走了。我爹当时脑门一拍，说，这好办呀！石头下面我们可以砌个鱼塘嘛。这主意果然不错，淡水养淡鱼，吃起来也有味。

苦驴村的土匪大多是从甘南腹地来的。比如有那么个高大魁梧，满脸是毛，走路地动山摇的人。一次，那人带了一群土匪从南天门嚯嚯地来了。当时，我爹和其他几个太爷正在村里搜罗，要知道，他们在挖一些可供吃的野物。你八太爷是最先瞧见那土匪的。其中，土匪头子最惹眼，脑袋瓜子上裹着血红布，骑着一匹大白马。他的大刀有点像大刀王五的，在日光下明晃晃的，有点镜子的意思。跑土匪啦！你八太爷喊了一声，村子里就炸开了，人们开始慌里慌张地朝北面的高堡子山上逃去。他们基本没什么可牵可挂的，锅碗瓢盆人娃猪崽老是捆在背上。我爹和他的几个太保弟弟没跑，他们刺溜一字排开，抡胳膊甩腿子，冒着灰灰风尘，向南天门逼近。南天门是苦驴村的军事要地，那里的天蓝格悠悠，芦絮飘飘。

土匪头子见我爹们个个长得身强力壮，神态虎视眈眈，就觉得纳闷，心想，在这样的年月里竟能有这般肥膘之人，实属罕见哪！但纳闷归纳闷，土匪头子觉得收拾这几个毛头小子还是绰绰有余，于是，他大吼一声，坐骑就踩着芦絮翩然而来，其他的土匪娃子们也簌簌地紧随其后。

十三太保们并不害怕，要知道他们个个是抢枪舞棒的高手。就拿你们五太爷来说吧，他可是远近闻名的棒客，他曾经在一个风雪夜孤身打死了九条野狼，用的就是他那根著名的榆木棒。你十二太爷是飞镖手，他的镖是十三里铺专打的，刃薄质重，飞起来中心不偏不倚，也就是说，他的镖认准了谁，谁就得死！即便有幸躲过了初一，也是躲不过十五的。你二太爷的强项是九节鞭，他的鞭杀伤力是最大的，尤其在浪场地里，阵式一旦噌地拉开，咳咳咳，灰飞烟灭，横扫一大片。至于其他的你太爷我就不多说了，反正都有一手，你们自个儿揣摩吧！

土匪头子从一块大石头背后冲过来的时候，你八太爷就大喊了一声，注意！贼头子来了！大伙就"哐当"一声，摆出了武姿。当时，有个小插曲我得告诉你们，你大太爷也就是我亲爹在摆武姿的同时放了个响屁，他只是蹲了个并不怎么规范的马步，那屁就浩浩荡荡地冲破了裤裆重重地砸在了泥土里，那屁的响声比较闷，好像是掉在泥土里才炸开的。其实这屁还是有作用的，那土匪头子乍一声就吓散了脸，但很快，他的脸色也就重新沉重了起来。要知道，土匪头子就是土匪头子，任何东西是糊弄不了他的。屁声过后，大太保自觉失了礼，但还是绷着老大的本色，挤了一下眉毛弄了一下眼睛，示意了一下十二太保。十二太保领会似的挤了一下眉毛，但他没来得及弄一下眼睛，手中的飞镖就嗖地飞了出去。瞧着吧！这镖飞得稳稳当当，这期间你完全可以点一支旱烟，或蹲在原地观察观察那红蚂蚁出土——我们有充分的理由相信这飞镖，就像相信一只信鸽一样，这好消息总是会带来的。不好！突然八太保大喊一声，投偏了。大伙的神经一下子又被绷到了悬崖上，要知道，这一镖万一投偏，紧接着就是大刀王五的刀来了。不过——并不怎么偏！八太保又发言了。他有着千里眼的美誉，因此他的话是最权威的。那镖似乎要飞向马的喉部——好！好！那镖已进了马的喉部，——瞧哪！马倒地了。八太保的话又让大家兴奋起来。大太保对十二太保嗔怪道：十二弟呀！你没弄一下眼睛就偏成那样，如果不挤一下眉毛，那还了得！说完，大太保就用同样的方式示意了五太保。五太保这人身轻似燕，他一个箭步，抡起榆木棒向仰翻在沟里的土匪头子飞去。他飞的背影简直太绝了，有点像黄昏里的蝙蝠，他在飞的过程中还腾出一只手向其他十二个太保做了个 OK 的动作。眼见远远落在土匪头后面的小土匪娃子们也蜂拥而至，大太保连连做了好几个示意的动作，忽忽忽，另外的几个太保就飞了上去。其实，这帮小匪们，交给五太保一个人就够了，但其他几个太保要抢着逞能，也就由他们去吧。

南天门里杀声震天，芦絮飘飘。鬼惺惺的野狐在干燥而充满幻想的空气中游走着，它们远远地躲着这帮古怪的人，但又禁不起诱惑要凑上去看个究竟，不料被砍掉了头……

事情最终摆平了。土匪头被五太保打断了两条腿，其他的匪娃子们都被其他的太保们打着从南天门翻滚了回去。

但是悲哀还是有的。这次事件中就折了你三太爷。

噩耗传遍全村，人驴齐哀。村口梧桐呜呜，南天门里芦絮飘飘。

这事震动很大。自此以后，十三太保的名声就更上一层楼了。周边的土匪们听着风声也都丧胆了……

说实在的，我爷爷的故事讲得够绝的。他眉飞色舞，唾沫星子乱溅，听完以后，我们二十八个孙子五个重孙子都呱唧呱唧地将手拍得贼响。五个重孙子都是我五个哥的儿子。我这五个哥都是研究生，因此，他们的儿子理所当然地聪明。他们是从大城市来的嘛！很少见过这般原始的气氛，于是，就贼鼠样硬是往我爷爷怀里挤。他们五个捻着我爷爷浓密的胡须，幸福地沐浴在我爷爷的唾沫星子里。

说来我们张家的香火在我爷爷这辈差点断了。我爷爷是唯一的一根弦，是我大太爷续下的。我其他的几个太爷们都没保住根。

我爷爷张二银虽没他的父辈们那么有名，但在方圆八百里也小有名气。他出名是在新中国成立后。农业社里，我爷爷是苦驴村的党委书记，还兼管着邻村牛儿庄、高庄郭、吴家坪、锁子岔、毛家湾的一切党务。这官可大着呢，代表着党能镇压以地主为首的一切邪恶哪！说起这地主，可真害了我爷爷。其实这也难怪，那时候，我爷爷总爱在旁人面前自吹自擂，他说我张二银跟他薛老儿没什么两样，他日能啥呢！没想到这话在"四不清"的时候被红卫兵抓住了把柄，硬是将他从大队公社的办公桌前揪到了大关场里。

四

在民国大饥荒的那些年月里面，苦驴村死了很多人，大多是饿死的，也有被土匪弄死的。死人多了，本来就是个问题。起先，村民们就让它们自愿暴于荒郊野外，让狼吃掉或让老鸹吃掉，也当是泽被了一方生灵。后来，问题越来越成为问题，死人的生产速度远远超过了狼群的繁衍速度，这样一来，难免有部分死人堆成了山。这还不是问题的关键，关键的问题在于那些死人们的阴魂成年不散，淤滞在南天门一带没黑没明地叫啸，甚至还有部分本来就在狼肚子里叫。那些在狼肚子里叫的死人你是没办法的，这也是最让活人头痛的一件事。那些狼是不怕人的，它们是被死人撑饱了肚子，因此见了活人就根本没食欲。它们之所以动不动就跑进村子，在各个大小胡同走动，那是因为这村里实在是好玩吧！有时候，那些狼为了体味人间烟火，竟然趁村民熟睡的时候将臭烘烘的鼻息凑近你白日里惊魂未定的脸，你大可不必惊慌，这狼才懒得吃你呢！王八水该知道吧，就是跟我爷爷一起"吃"过土的那个人，是他的爹爹，王九水，就有幸碰上了这遭狼事。那晚，他遭遇的是一头母狼，那狼将他弄醒的时候，一直用狼眼望着他，要知道，狼绝对是用情了，狼眼里泪汪汪的。后来，这狼就说话了，是人话，而且是用腹部发出的。狼说，儿呀！我死得好冤啊！王九水一听心里就发慌了，他说，娘，你莫，莫非活了，娘，你是不是被这狼咬，咬死的。狼说，儿呀！我的魂儿现在被锢在这狼肚里，出不来了。这时，王九水就看了一眼这狼，这狼的嘴巴的确一直闭着……好了！这王家的事我也不多讲了，我要讲讲我们族里的事了。其实，我爷爷也遇到过类似于王九水的狼事。那次，我爷爷跟狼肚子里的我大太爷会了一次面。

我说过的，我爷爷虽然愚笨了些，但他在我十三个太爷们的优秀基因的铺垫下，智商还是过人的。我爷爷做起了棺材生意。他眼见死人堆积成山，于是就想出个办法来。他扛着斧子背着锯提着刨子进了山。我们苦驴村树木多的是，他要将它们弄倒做棺材。起先，我爷爷打的棺材的确不那么好看，粗笨，简直就是个巨大的猪食槽。这样的棺材谁会要啊，鬼才要呢，嘿！可我爷爷是从活人手里拿大洋，所以得做出些供活人欣赏的棺材哩。为此，我爷爷殚精竭虑起来，他在林子里走动，眼珠子一刻也不停地翻滚着。突然，他发现林子里流出一条小溪来，那溪水很清，更神奇的是这水里有各色的鱼。于是，我爷爷脑门一拍，说，哎呀！

我何不做出个鱼样的棺材，这活人见了一定会为死人高兴的。很快。我爷爷就做出了第一口鱼样的棺材，秋后颗粒归仓时往村口一摆，村民蜂拥而至。我爷爷说，底金三个洋芋面饽饽，大伙一听这绝对便宜，于是就争着往棺材里扔饽饽。后来，王九水的饽饽扔得最多，我爷爷说，九水，这棺材是你的了。这次，我爷爷为我奶奶共收获了十三个洋芋面饽饽。

我爷爷的生意火得不得了，这得益于他的花样翻新。我爷爷瞅到啥就会做出啥样的棺材来，他把那溪水里的东西都做遍了，有乌龟的，有王八的，有蛤蟆的，有蜥蜴的，等等。后来，我爷爷还做起了树上的鸟。但是新的问题又出现了，你想想，仅凭我爷爷一人，哪怕是巧夺天工，也难满足所有的死人。冬天里那些死人还好说。可到了夏天，它们就争着腐烂自己，争着往坎沟里分流自己，村民们一见就慌了，大呼小叫着各自亲人们的名字，往坝沟里跑。我爷爷也慌了，想，人形儿没有了，变成了肉流，我张二银莫非要从此失业了。于是，我爷爷试探性地拍了拍脑门，可惜脑袋里空空的，没有动静。我爷爷只能去现场观察了，兴许还能找出点灵感来。我爷爷是骑着我奶奶的那头跛骗驴去的。

那些死人们的确已经腐烂成了肉的洪流，翻滚着白灿灿的骨头，人见人呕。我爷爷当时双手插在腰间，跟驴一起站在洪流的边沿，大有观览宏宏江山之势。我爷爷感叹地说，人之大洪乃人之大昏，此洪应当以袖珍棺木盛之并举于火烛前，方能警示活人。说到做到，不放空炮。很快，我爷爷做了上千个火柴盒般大小的棺材，发到每一个苦驴村人民的手里，说，去吧，将肉臼一勺，装在这棺材里，且当你的亲人，记住，勺子要用梧桐木做的。我爷爷做完这一切，并没有收取棺材费，他拍拍自己的胸膛说，我张二银算是个忧国忧民之人了。

自那以后，苦驴村成了不夜村。一到晚上，每家每户必将填好的"三代"连同某个亲人的袖珍棺材奉于中堂，然后点上烛光香火，跪拜堂前，权当缅怀与反思。这一习俗带有野蛮气，新中国成立后就被浩浩荡荡地扫了。

不管怎么说，我爷爷就是靠做棺材发了家。发了家的我爷爷走路腰杆就硬朗了不少，他经常叼着长烟斗，迈着八字在村里乱转悠。我奶奶毕竟是受过苦的人，她见不惯我爷爷那样。她说，张二银，闲了也不识识字。我爷爷想想，说，那倒也是，说不定哪天当官，也好有个铺垫。于是，我爷爷找来了一本识字课本，整天围着院子里的那棵梧桐树念着。那头跛驴拴在那根磨担上，我爷爷念的时候，它就收紧了它的驴脸，拉长了它的驴耳朵。

我爷爷是个白识字，他是无师自通。他学字是有一套的。比如他学"人"字的时候，就立在当院，双脚岔开，然后冲着我奶奶喊，老婆，这是个"人"字。我奶奶就会从里屋跑出，边剔牙边说，好，二银，我看到了。学"大"字的时候，在"人"字的基础上，我爷爷就会平撑开双臂，说，老婆，这是个"大"字。我奶奶又会从里屋跑出，说，好，二银，有长进。我爷爷说，老婆，这叫触类旁通。后来的事就更有趣了。我奶奶知道我爷爷已学会了两个字，所以她总会冷不丁地从里屋冲出，嘴角一撇，甩个"人"，我爷爷就作"人"，甩个"大"，我爷爷就作"大"。一次，我奶奶突然改变了主意，她没有从里屋跑出，而只是隔着帘子冷不丁地喊了一声"大人"，我爷爷先是一怔，然后就连续地做了两个动作。大人大人大人，我奶奶连着喊了，我爷爷也就连着做了。完了，我奶奶揭起帘子，笑着说，这叫融会贯通，二银，记住了。记住了，大人，我爷爷欠着身子做了个礼。这次我奶奶笑弯了腰。这情景让挑粪担的王九水看见了，不久就在村里传开了，说张二银扇弄着翅膀要学母鸡下蛋了。

几年以后，我爷爷就能对着梧桐树闲言碎语了。但常挂在他嘴皮子上的就是"梧桐梧桐吾通也"，他见了人也这么说，且搔首弄姿得不行。其实，后来我爷爷坠入了对《红楼梦》的痴迷，完全是个意外。我们族不是书香门第，我说过的，我的十三个太爷全是武科出身，他们有理由蔑视一切缠绵的东西。可我爷爷竟然从院子里的那棵梧桐树下刨出了一本《红楼梦》，实在是让人匪夷所思的。那天是黄昏，我爷爷正对着梧桐树念"梧桐梧桐吾通也"，突然，一股刺鼻的香味迎面扑来，几乎将他打晕了。这是股胭脂粉香味，我爷爷想。他循着香味朝梧桐树下看去，觉得眼前那里的地皮不对劲，于是，老婆来锄也！我奶奶闻讯，跟锄头一起赶来了。我爷爷脱光衣服，下锄小心得要命。经过两个时辰的苦挖，《红楼梦》见光了。《红楼梦》是装在一个檀木盒子里的，很腐旧，散发着异味，而且还有被抓被撕过的断页。我爷爷欣喜若狂，如获家珍。他精着身子在院里扭起了秧歌，嘴里哼着花子仁义的秦腔。我奶奶站在旁边，愣愣地看看我爷爷这个怪物。

院子里，梧桐呜呜，黄叶滚滚，这是一棵著名的梧桐树。

要说我爷爷自得了这《红楼梦》后，就彻底废寝忘食了。他整天打着盘盘腿，坐在炕上逐字逐句地琢磨，读到动情之处，就涕泪满面。有好几次，被我奶奶看见了，他就赶紧偷偷地抹掉了泪。至于后来，他就顾不了那么多了，他开始一个劲地将自己往一塌糊涂里哭。

现在，我要说的是我爷爷要学黛玉葬花了，这是我爷爷一生中的经典。

那天，他趁我奶奶不在家，就弄掉了我奶奶的罂粟花。那罂粟花在我奶奶的窗前开得煞是好看。说实在的，这花是我奶奶的骄傲。那时候，我们村里的人比较愚昧，还不知道这花就是大烟的前身。牛儿庄的牛大肚应该是知道的，他抽的那些烟叶是从那甘南腹地换来的，代价就是我舅太奶。

我爷爷摘那花的时候是哭着的，他的泪这天格外多，用"喷射"来形容其实并不夸张。花丛中好像有什么在动？我爷爷有所感觉了，他透过迷茫的泪幕，看了看，却并没看到什么。他又硬性地挤了一下眼皮——泪幕透亮了许多，这时候他看到花丛中有许多小老鼠。那些没怎么穿毛的小老鼠们，虔诚地蹲在花丛中仰着它们的鼠头鼠脑，半打着哈欠。这是一帮误入歧途的瘾君子。我爷爷没在意它们，继续着他的劫花行动。

后来，有人就看到我爷爷背着背篓，扛着锄头进林子了。

有些好事者跟了我爷爷的踪，也进了林子。

不久，事情就传开了，人们说，张二银将一背篓鲜花埋在了林子的小溪边。人们还说，张二银边埋边哭，嘴里念着林妹妹。老天爷啊！张二银将一背篓"林妹妹"葬在小溪边。

这天，我爷爷葬完花，从林子里出来的时候，村里已经烛火点点了。人们忘掉了白天的奇事，开始拜着各自的亲人了。

五

我爷爷三岁的时候，我大太爷就死去了。我大太爷还很年轻，他是吃干炒面呛死的。事情是这样的：苦驴村曾在一段时期里有关地震的传述很盛行很恐怖，好多人都从土窑里搬出住进了星稀月明的旷野，他们打心眼儿里怕着那个叫地震的东西。我大太爷是个擅长玩个性的人，一次，他不跟老婆孩子住，一个人半夜从草棚钻出跑到大关场，边吃干炒面，边对着东南西北的大山喊道，我张二银不怕地震，让地震来得更猛烈些吧！他的话音刚落，喉咙就一阵剧烈震颤，随之两股黑血从我大太爷的鼻腔喷涌而出。就这样，大太爷被活活地呛死了。天做幕，地做席。我们张家族里赫赫有名的十三太保，以我大太爷为终曲，在苦驴村谢幕了。

我爷爷的童年过得很自在，他受我十三太爷的影响，十岁就能在吃土节里出类拔萃，这主要体现在他的假吃太逼真了。十八岁的时候，我爷爷就抢来了我奶奶这个走来的婚。他们两人，一个在外"男耕"，一个在内"女织"。

能得到我奶奶这样的女人，实在是我爷爷的福气。两口子小日子过得和和美美。当然，我爷爷这人的怪癖多，比如葬花，但一般情况下我奶奶能容得过去。

一晃就是十五年，在我爷爷和我奶奶准备过第二个十五年的时候，这年的中秋吃土节，苦驴村的劫难又来了。

南天门里蓝格悠悠，芦絮飘飘。一队人驴从那里张牙舞爪地走来了。他们冲着苦驴村嗷嗷地叫嚷着。

跑土匪啦！有人大喊一声。顷刻，村里乱作一锅粥。

我奶奶听到消息，便提了马刀风一般卷出了屋子。我爷爷紧随其后。

土匪已经穿过了那片梧桐树林，现在，已经剁死了好多村民。我奶奶叉着腰，举着马刀，站在院外的一块土台子上怒视着徐徐而来的土匪们。我爷爷则蹲在旁边，急速摆弄着一把锈迹斑斑的老土枪。那枪是他从另一棵梧桐树下刨出的，是他新近考古的成果。

土匪的人驴打着一幅"巨无霸叫驴队"的旗子，齐声高喊着"君子复仇，十年不晚"的口号，直冲我奶奶家。这可是真正的叫驴队，那叫驴一律高昂着脖子，龇牙咧嘴。

我奶奶说，二银，去探探那土匪头子。

是，夫人。我爷爷恭恭敬敬地回了一句，然后就腾腾腾地没影了，不久又腾腾腾地跑了回来。

他气喘吁吁地说，回，回夫人，土匪头子号称火烧脸，副手是，是王八水，军师是你爹牛大肚。

唉——呀，我奶奶大喊一声，摆了个杨子荣智取威虎山的英姿，然后就从土台子上跳了下来。跳的时候由于用力过猛，落地时重心严重前倾，致使我奶奶一头扎进了一堆拧条。从柠条里拔出时，我奶奶脸上绣满了刺。而这时，土匪们已经站在了我奶奶面前。

你就是牛家女子？火烧脸骑在一头红色叫驴背上，指着我奶奶。

对呀对呀！她就是那个一刀片了我耳朵的女人。王八水在一旁插嘴道。他的叫驴没火烧脸的那么有威风，显得蔫不拉叽的。

闭嘴！我没问你。火烧脸回头呵斥了王八水。

我奶奶不语。我奶奶一直在盯着牛大肚看。

牛大肚没有坐骑，他像根麻秆一样老飘在火烧脸的叫驴前，有一种游魂不定的感觉。他一会儿白着眼看我奶奶，一会儿又斜着眼瞅火烧脸。也不语，他是不敢语。

是不是啊？嗯——火烧脸又问。他将那个嗯的腔调拖得很长，然后头一甩，直接将音尾撇向牛大肚。

牛大肚打了个激灵。犹豫了一下，就接了那音尾。是，是，她是我的女儿，虽，虽然有点老不溜秋了，但我还是认得。

爹，你这个头顶生疮脚底淌脓——坏透了的爹！我奶奶带着哭腔歇斯底里了一声。她的脸憋得像生铁块，那柠条刺就噌噌地被怒鼓的肌肉蹦了出来，刷刷地溅在我奶奶胸前的马刀刃上。

女儿啊！我是个吃别人家的嘴软，拿别人家手短的人，这么多年来，我不能有负于你的前夫火烧脸。

闭嘴！你们到底想干啥！我爷爷跨步向前，怒挥着拳头，显得英勇无比。

最简单，拿命来，你趁我在外捞外快的时候用碾子砸死了我娘，现在，我要报仇。火烧脸对我奶奶说。

对呀，对呀，我今天回来也要剁掉你的一只耳朵。王八水摇了摇挂在胸前的一串马铃，冲着我奶奶示了一下威。

哼哼，拿我的命，休想！我奶奶这人快嘴快语，手脚也麻利。她趁土匪们心不在焉的时候，就高喊一声：老娘来也！就风一般拖着马刀扑了上去，我是说那马刀的确是让我奶奶拖在地上的，那刀尖划在黄土里竟然滋滋地冒着青烟。

土匪们不由大吃一惊。其中王八水的吃惊程度过深，致使他沉溺于往昔无穷的疼痛之中——这致使他的另一只耳朵也翩然下落了。我是说它仍像一片枯叶被我奶奶剁落在地，最终，被乱驴踩了个稀巴烂。

牛大肚见势不妙。他一边继续吃惊于女儿的传神刀法，一边赔着笑与火烧脸套近乎。

我看头儿，我们不如讨点钱罢了，这张二银曾弄棺材发过财，大洋肯定有。

火烧脸点了一下头，表示这个提议通过了。他的脸平静得像破麻布，我们根本看不出他的表情，但我敢打赌，他对我奶奶肯定怵了。

见土匪们讨钱财，我奶奶犹豫了。她想，人家人多势众，一旦真打起来，我肯定吃亏不少，甚至会殃及无辜。这样一来，还不如给点财物打发掉算了。想完，我奶奶就挥了一下手，说，二银，破财消灾！我爷爷没有应声。我奶奶不满，一扭头，却不见了我爷爷的影子。

夫人，我在这儿。我爷爷趴在了窑渠里，正专心地瞄着那把土枪。

土匪们更加惊慌失色。

二银，你别胡闹了，我奶奶边说边往回折。

嗵——突然，我爷爷的枪响了，子弹打在了火烧脸的驴脖上。那驴惊叫一声，驮着它的主人向村外窜去。其他的叫驴也向四下里散开。

嗵嗵，我爷爷又发了两下，全打在了自家的猪圈里。猪圈里猪屎横飞猪哼哼。

好歹也把他们吓跑了。我爷爷得意地从窑上跳了下来，站在柠条堆旁。他要等待我奶奶的一个奖赏。果然，我奶奶拍了拍他的脑门后，给了他一个滚烫的吻。

然而，村民们的确遭了不少的殃。那些土匪们在逃离村子的时候，仍忘不了挥动手中的长矛、大斧，带走了我们苦驴村许多的人头。当然也带走了我大太奶的人头。当时我大太奶正在梧桐树林子的那个小溪边洗衣裳。土匪赶过的时候，有人说了一句这是张二银的娘，于是，就让火烧脸毫不犹豫地捎走了。

那天，是我们苦驴村历史上沉痛的一天。土匪逃走以后，大群大群的野狐就裹着黄风土雾从南天门来了。它们急慌慌地游走着，排成一列，望着村里那些尸体……

亲爱的读者，我讲述的我张氏家庭的故事谈不上真实，但绝对精彩。对于我们的家史，我可以称得上是个纯粹的怀疑主义者，我痛恨一切混账家史，那都是一些混账的祖宗们在茶余饭后精心杜撰的。当然，你可以把我的这部小说当家史来读，但我觉得它更像一部传奇小说。或者，你可能觉得我在戏说我们的家史吧，但我觉得我可能在阐述一种东西，我尽量让它达到色香味俱佳。现在，我要将故事的重点转移了，嘿，那些我爷爷以上的祖先们，你们在驴年月里出生，又在驴年月里死去，你们就安息吧，在这样一个信息化极为发达的今天，我再也不好意思将你们抬出来晒了，更不好意思用你们闻所未闻的键盘这玩意儿敲你们的荒唐故事。在这里，我要讲讲我们张氏家族在新中国成立后发生的故事。